须仰视才见

阎晶明 著

江苏凤凰文艺出版社
JIANGSU PHOENIX LITERATURE AND
ART PUBLISHING, LTD

序

今年五月四日，应北京十月文学院邀约，前往北京城南做了一场关于五四与鲁迅的主题讲座。话题是很应景应时的，朋友也做了不少预热工作，但我心里仍然难免忐忑，这一天是五一小长假的最后一天，返程的匆忙和拥堵，上班的期待或心理紧张，才是城市的主流人群和主要心态，有多少人会来听这么一场所谓的讲座呢？让我意外的是，那一天现场去了足够多的人，据说连现场的椅子都不够用了。我这才意识到，在纪念五四一百周年正处于热点话题的氛围中，将鲁迅与五四作为一个共同的话题进行讨论，这是很多人很感兴趣的事。当然，十月文学院的组织力和讲座的系列推进，也是重要原因。这次讲座之前形成、之后修改的文章也收到这本书里了。如此一来，这本书里的文章，从写作时间上已经超过了 30 年。个人的学术成长并不明显，但坚持 30 年以上对一个话题不断言说，这或许倒是值得欣慰的吧。

我倾心于五四那样一个伟大的时代，那是一个充满热情的时代，这种热情在同时代人笔下，又呈现出多彩的、多重的、复杂的面貌。悲与喜、哀与乐、愁苦与激昂、压抑与张扬，无论什么观点，如何互相冲突，自我矛盾，这种“情绪化”构成了五四时代最浓烈的文化氛围。即使是曲笔，也显得十分率真；哪怕是讽刺，也仿佛传递着热情。基于这样一种被深深感染的原因，我的硕士毕业论文选择了“五四小说的主情特征”这一论题。随着阅读和思考的不断深入，随着新时期文学的参照，我更逐渐感到五四之于鲁迅的意义，鲁迅之于五四的价值，这些都是值得评说的学术课题和文学命题。五四造就了鲁迅，没有五四的时代精神，就不会有鲁迅思想与文学的全面爆发与精彩呈现。鲁迅的艺术创造无疑是五四新文学的最高峰。一个作家和他所处的时代之间究竟处于怎样的关系，鲁迅与五四是一个重要的启示。

收在本书里的，大都是关于五四和鲁迅的文章，面对这一永无止境的话题，这些文章当然不可能完成说清楚的任务，但五四与鲁迅互相映照、不可剥离的关系，始终吸引着我探究的热情。

《须仰视才见》,是我几年前发表的一篇文章的标题,“须仰视才见”,也是源自鲁迅的文章,须仰视才见,也恰好能表达我对五四、对鲁迅的敬仰之情。

是为序

作者

2019 年 7 月 26 日

目　录

001　序

001　论五四小说的主情特征

067　略论五四小说中的“母爱”

083　鲁迅:是谁的先生?

093　因为有了鲁迅

099　鲁迅小说里的疯癫性格

107　鲁迅:吃了也不嘴软

113　“文革”中的鲁迅

121　“文革”中的“鲁迅语录”

125　从“骂”处着眼

131　缺乏学术依据的“鲁迅批判”

139 今天,我们为什么读鲁迅

149 五四于传统:是革新,不是全盘否定

——严家炎先生访谈录

165 八十年后感受鲁迅还在

——上海思南读书会《鲁迅还在》对话录

201 “鲁迅还在”的当代意义

——北京涵芬楼《鲁迅还在》对话录

223 在亲切与平凡中理解鲁迅的伟大

——答《中华读书报》舒晋瑜问

237 向社会传播鲁迅是我们的文化责任

——答《人民日报》张贺问

243 细微的材料可以串接起一个重大的主题

——答《北京青年报》木子吉问

257 经典的炼成

——从《孔乙己》发表100周年说起

论五四小说的主情特征

五四小说:抒情时代的艺术灵光

五四时期的小说创作,是中国现代文学研究中分歧较多,争议较大的领域。这些争议的焦点,常常集中于五四小说思想倾向的积极与消极,创作方法的归属等一些基本问题。我们经常会注意到这样一种现象,某一研究者尚能自圆其说、论证有据的结论,往往较容易地被另一研究者寻找到足够的反例,指出其不足与偏颇。然而,大部分人几乎又是同时从这一时期不同作家的小说中,呼吸到五四时代强烈的时代气息,感受到他们创作中所共有的倾向和基本特征。探寻这一倾向和基本特征,是廓清五四小说研究复杂局面的有效途径,也必将有助于有关分歧和争议的解决。

笔者认为,五四小说迥异于其他任何时期小说创作的一个本质特征在于:没有任何一个时期的小说像这一时期那样,那么真切、强烈地表现了觉醒者对封建礼教与黑暗现实的否定与反抗,对光明的热切向往与追求。也没有任何一个时期的小说像这一时期那样,那么大胆、真率地袒露了作者内心深处灵与肉、情与理、新与旧、个人与社会、理想与现实的尖锐冲突。五四小说在情感表现的浓烈、直露程度上,在作品人物的情感与作者自我精神的相近、吻合程度上，远远超出了一般叙事文学的态势，使这一时期涌现出大量散文化、诗歌化的“个人”的小说作品。五四小说创作的这一倾向，直接影响甚至决定了这一时期小说的精神特质和艺术风貌。它的滥觞与兴起，也有着深远的历史根源和直接的社会原因，大多数五四小说的成就与不足、优点与缺憾，无不与情感的表现方式和特征相联系。对于五四小说来讲，艺术的真实性，首先是情感的直率和真挚，其次才是生活的真实。

五四小说的发展：从简单叙事到大胆抒情

1918年5月，鲁迅的《狂人日记》在《新青年》上发表，这篇将深刻的历史内容、饱满的战斗热情与富于象征性的人物形象完美融合的小说，不仅是鲁迅小说创作的总宣言，而且也为整个开端时期的现代小说创作定下了基调，迈出了坚实有力的第一步。在这篇格式特别的小说中，我们可以深切地感受到作家对封建礼教的愤恨，呼唤受害者觉醒的内心焦灼和切盼觉醒者进行实际斗争的革命激情。

然而，与鲁迅同时或稍后出现的作者，还无法与鲁迅同步前进。发表于《新潮》杂志的小说，大都存在着浅露、草率的毛病。他们怀着“改良社会”的真诚态度从事创作，表现现实的种种黑暗：人力车夫的苦难、军阀的蛮横、社会的污浊、农村的萧条。由于他们缺乏足够的思想认识水平和应有的艺术素养，所以只能用简略、粗糙而又显得匆促的语言，将所观察到的现象印象式地复述出来，他们的笔法，“若不说是‘吓人的单纯’，也可说是‘非常朴素’。”①他们只能在人物不幸这一主题下设计一些惨不忍睹的事件，他们的思想倾向表现于鲜明、直露的爱憎感。我们无法从中感受一种贯注生气的力量，而只能从事件描写的强度上感受作者情感的强度。在表现下层劳动者的不幸遭遇时，作者往往为人物安排了痛苦致死的结局，背景又凄冷之至。汪敬熙的《雪夜》中，年轻的人力车夫虎儿为养活全家拼命奔波，最后在一个雪夜中倒下；欧阳予倩的《断手》里，母子二人在雨夜中行走，母亲最终死在儿子怀中；杨振声的《一个兵的家》里，父亲阵亡后，祖孙二人在雪夜里沿街乞讨；《渔家》则更甚，王茂借米不得，又被上门要税的警察抓走，正在此刻，大雨如注，房屋漏水、倒塌，妻子晕了过去，儿子性命不保，可谓悲惨之至。

① 沈从文《论中国创作小说》，《沈从文文集》第 11 卷，花城出版社 1984 年 7 月版。

与《新潮》作家群的小说几乎同时出现的冰心、庐隐等的“问题小说”，也是用写实手法揭露现实的种种不合理的现象。所不同的是，她们为了使作品能起到切实的社会作用，不再企图在一篇作品中表现所有的人间不幸，而是针对某一具体的社会问题加以揭露，以引起社会的关注。冰心的《斯人独憔悴》表现旧家庭不允许青年参加进步社会活动的事实；《去国》表现留学归国青年不能实现报国大志的痛苦。庐隐的《一封信》写农民女儿梅生被地主巧夺为妾以至被活活打死；《灵魂可以出卖吗》写纱厂女工被工厂主压榨成一个出卖灵魂的机器，等等。“问题小说”避免了《新潮》小说“所要说的问题太大，所说到的又太少”①的弊病，反映了一些具体的社会问题。但这些作品在深度和力度上仍然存在着明显的不足，在对具体事件的描写背后，缺乏深广的社会历史背景，看不到对人物灵魂的深入挖掘。《斯人独憔悴》以被禁锢的热血青年吟唱古人感伤、失意的诗句结束；《去国》则以青年在失望中再度出国告终。这种“指出病症，不开药方”的创作，仍然显得单薄、浅露。

---

① 沈从文《论中国创作小说》，《沈从文文集》第 11 卷，花城出版社 1984 年 7 月版。

《新潮》作家群的小说和“问题小说”在创作态度上显示了新文学的主导倾向。但此后不久,小说创作的面貌发生了巨大改变。这一转折的契机,便是1921年前后五四运动的落潮与新文化阵营的分化。轰轰烈烈的学生运动唤醒了青年追求理想的信念,但还无法以此实现内心的各种向往;各种纷至沓来、目不暇接甚至支离破碎的外来思潮,使他们久受传统制约的精神变得躁动不安,但在色彩纷呈而庞杂无序的热潮中,他们难以把握最有力的思想武器,他们彷徨于人生的十字路口,不知该向何处去才是最光明的途径。冰心在写于1920年的小说《世界上有的是快乐……光明》中,描述了五四青年心理历程中的这一转变:

自山东问题发生了以后,国内人士,大动义愤,……凌瑜更是非常高兴,竭力想怎样唤起国魂,怎样的抵御外侮,心力交瘁地奔走运动。他以为像这样张旺的士气,中国前途,很可以有点希望了。不想几个月以后,社会兴奋激烈的热情,渐渐不知不觉地淡了下来,……他看着这种半死不活的现象着急的不得了,但是这种狂澜既倒了人心,是难以勉强挽回的。自己单独进行呢?可做的事情太多了,不知从何下手,而且一个人的力量,是

> 不能持久的，是不能得巨大的效果的。待要不做罢，眼看着国事一天糟过一天，实在不能袖手旁观的！总而言之，他既已投身入了这种漩涡，接触了这些极苦恼的事情，他心中的万根烦恼丝，无论如何是斩不断的，决不能回到从前那种冷静寂死的无情了。

这种精神上的巨变，不能不使作家的创作倾向发生偏移和转变，那些曾经以朴素笔法揭露社会黑暗，抛几滴同情之泪给劳动者的作者，从1921年前后开始，或如《新潮》群中的大部分作者一样中断小说创作，或如冰心等作者那样以新的面目出现。在小说创作中，对人物精神境界的大笔抒发代替了对现实现象的简单描述；不动声色，朴素单纯的客观描写转变为对人物内心深处的挖掘与袒露。小说创作的风尚发生了前所未有的变化。

1921年，冰心的《超人》在《小说月报》上发表，标志着她的创作已完全由“表现旧家庭的不良”①转向“发挥个性，表现自己”②。何彬一开始就以“冷青年”的面目出现，对“周周的一切都不感兴趣”，最终却为人类之爱感化，使他那“止水似

① 冰心《我作小说，何曾悲观呢?》，《晨报》1919年11月11日。
② 冰心《文艺丛谈》，《小说月报》第12卷第4期。

的感情重要荡漾起来”。小说叙述的就是人物灵魂深处“无情却被多情恼”，由“冷”变“热”的过程。作者没有在折磨人物灵魂的“烦闷”后面展现出它的现实依据，那种从一开始就注定是实现不了的，缺乏现实途径的“美”和“爱”的理想，也显得虚幻不实。作者似乎并不希望读者从中了解生活，而只是传达自己的内心情感，阐发自己对人生的态度和希望，以引起读者共鸣和思索。

以人物情感或精神世界为主要表现对象，以情感的共鸣为创作的最高目标的倾向，成为这一时期小说创作的风尚和主流，王统照在这期间创作的小说，也大都“从空想中设境或安排人物”。他运用繁丽的语言，渲染一种色彩凝重、神秘莫测的气氛，以寄托自己对现实污浊的不满，对“美”和“爱”理想的向往。他这时期的创作正如他自己所言，不在写事，不在写人，而“重在写意”①。连一向以冷静观察、客观写实为人称道的叶圣陶，其早期作品中也流露出内心的躁动不安。他一方面用纯粹心理感受的片断剖白，诉说着人与人之间互相隔膜、虚伪应酬的可悲现实，一方面又以赞美母爱的形式表达自己对人与人之间情感互通、互相同情、互相谅解的理想和向往。

---

①《王统照短篇小说选集·序言》。

出版于1921年的郁达夫的小说集《沉沦》，充分体现了这一时期小说创作的主情倾向。其中的三篇作品与其说是描写、叙述漂泊于他乡异国青年穷困潦倒的生活，不如说是对他们由于这种窘迫的生活遭遇引起的内心苦闷的大胆倾泻。这些篇什中，人物的情绪流动构成了作品情节发展的主线，内心情感体验的张弛控制着作品的内在节奏，而人物灵魂深处的剧烈冲突又形成了作品情节的高潮。郁达夫小说的人物总是迈着歪斜的脚步，带着倦怠的灵魂，唱着愤激而又哀伤的衷曲走向读者。与郁达夫同一流派的郭沫若，也带着"内心的要求"写下了诸如《残春》《漂流三部曲》等充满激情的作品。

这是一个抒情的时代。你只要翻检一下这一时期的篇名目录，便可以意识到他们创作的共同倾向，"烦闷"、"孤独"、"隔膜"、"一个忧郁的青年"、"或人的悲哀"、"不安定的灵魂"……等等，类似的字眼比比皆是；而篇中内容，也大都是这些情感体验的表露。正是在这种文学氛围中，许多本来是刚刚被当时作品感染了的青年读者，也大胆地拿起笔，写下了自己的"情绪史"。王以仁对郁达夫小说"颇有嗜痂之癖"①，他追求郁达夫风格，崇尚他的感伤情调。他小说中的

① 郁达夫《打听诗人消息》，《王以仁选集》第307页。

人物，也都是遭受着经济压迫，怀着“孤独的、无聊的思想”，望着自己的“脸色一日瘦白一日”，经常暗自流着“两行悲苦的清泪”的青年。他们不是“神游病者”，就是难以合群的“孤雁”。孙俍工《海的渴慕者》中的“我”，在被生活逼迫得投海自尽时，向社会和人生发出了愤怒的诅咒以及对死亡的向往。小说中几乎没有情节的组合和性格的发展，而是一大串似火一样燃烧，却不知从何而来，向何处去的激情。在作者看来，小说的职能就是要把自己内心“极强烈的恐怖、愤怒、爱情、同情等情绪”，“都无遗漏地描写出来。”[①]顾仲起的《最后一封信》，也是一个即将走上自尽道路的青年内心愤懑的抒发。

这些作者，似乎从未考虑自己是在创造艺术，也很少过滤自己的情感，而只是用最真切、最直接的方式倾吐内心的一切。他们只要求达到一个目的，就是“真”，而这“真”，最主要的，甚至唯一的含义，就是情感之“真”。一些文学刊物都表露出这种倾向，弥洒社同人在宣言中公开申明：“我们乃是艺术之神。”“我们一切作为只知顺着我们的 inspiration。”[②]浅

① 孙俍工《小说创作与作者》，《小说月报》第 14 卷第 10 期。
② 鲁迅《〈中国新文学大系·小说二集〉导言》。

草社作家的努力，则是："向外，在摄取异域的营养，向内，在挖掘自己的灵魂。""要发现心灵的眼睛和喉舌，来凝视这世界，将真和美唱给寂寞的人们。"①这些社团中的主要成员，如胡山源、陈翔鹤等作者的小说创作，都是他们这些创作主张的实践。

即使是鲁迅，我们同样可以从他的《故乡》《一件小事》《社戏》《孤独者》《在酒楼上》等作品中看到作者本人的影子，那些不时闪现出的带着强烈情感色彩的片断议论，更增加了小说的抒情色彩。

在这个笼罩着浓烈的抒情氛围的文学时代，小说、诗歌、散文，不仅在情调上，而且在表现方法上，都有相互接近的趋势，诗歌有散文化倾向，小说也经常向散文靠拢，散文之"散"似乎更适合于他们自由的歌唱。有的研究者称郭沫若早期小说为"散文式小说"②，有些作品同时被视为小说和散文，如郁达夫的《青烟》《秋柳》，川岛的《月夜》，胡山源的《睡》，等等。在鲁迅小说中，对于《故乡》和《社戏》，评论界也一直存在着体裁之争（小说？散文？）。

---

① 鲁迅《〈中国新文学大系·小说二集〉导言》。
② 俞元桂《"托身期泰岳，翘首望尧天"》，《抗战文艺研究》1984 年第 4 期。

这就是五四时期的文学气氛，这就是个性主义口号下的五四小说的本质特征。以个人精神世界为表现中心使这一时期小说创作形成庞杂纷乱的局面，但在另一方面又显示出相当“集中”的倾向，这就是他们都在毫无掩饰地“将自己心中所感觉到的苦闷大无畏地叫了出来”①。他们一任自己的情感如何浅薄、偏颇，“我们能够大叫，是黄莺便黄莺般叫，是鸱鸮便鸱鸮般叫。”②无数支内心衷曲的吟唱，共同汇聚成这一史诗时代的庄严乐章，塑造出一个个姿态各异又不乏共同“特殊性”的五四时代的“时代儿”。

“自叙传”色彩与人物形象定型化

情感是文学的基本特征，真挚的情感和激情是作家创作的原动力，在作品中，它又是连接思想和形象的核心和中介。作品的思想是否深邃，形象是否生动，以及二者是否完美地融合于一体，关键在于其中是否具有贯注生气的情感。作家从生活感知到题材选择以至表现手法的具体运用，整个创作过程无不受情感的支配和制约。不过，情感本身的复杂性决

① 鲁迅《随感录四十》。
② 鲁迅《随感录四十》。

定了它在艺术创作的表现中的复杂多样。仅从体裁上考察，在叙述文学与抒情文学之间，情感的表现就有浓淡、显隐的差别。在叙事文学中，情感应是渗透于情节发展过程中的潜流。“作家的见解愈隐蔽，对艺术作品来说就愈好。”[①]同时，叙事文学中的情感不像抒情文学中那样，总是沿着一条线索流动起伏，它可能同时有数条情感逻辑线互相交错，在作为创造主体的作家与作为表现对象的人物之间，主要人物与次要人物之间或次要人物互相之间，各种不同情感纵横交错，构成作品情节发展中的矛盾冲突，使叙事文学获得了表现广阔的社会生活和复杂的经验世界的自由。

但是，五四小说在这一点上却表现出明显的特殊性。大部分作品的写作者和人物之间，总是沿着一条几乎完全吻合一致的情感逻辑线发展。作者与人物站在同一水平线上，处于同一认识层次，人物的所感所思，就是作者本人的所思所感，人物为之苦闷、忧虑的，也正是作者自己困惑不解的。在他们之间很难找出实质性的明显差异和间距。作家几乎是把自己的经验世界不加修饰地转化为艺术世界。在他们的

---

① 恩格斯《致玛·哈克奈斯》，《马克思恩格斯论文学与艺术》(一)，人民文学出版社 1983 年版。

小说中，甚至难以找出与主要人物不同的性格典型。这使五四小说表现出一个非常突出的特征：浓厚的“自叙传”色彩。

“自叙传”是五四时期小说创作中的一个突出特点，我们之所以称其为“‘自叙传’色彩”，是因为它与所谓自传体小说有着根本不同。作者为我们展示的，不是他自己从幼年到成人的成长历程，他们不是借小说的形式写自传，而只是此时此刻生活遭遇与心灵活动的片断记录，因而它们都不具备严格意义上的“传”的特征。即使在表现现时生活和情感时，也有着严格的选择和明显的偏向，他们尽量剔除那些仅仅属于作者个人的琐碎经历和情绪，而传达那些自信具有普遍性，能引起读者共鸣的精神活动。因此，在某一作者的不同作品中，尽管人物名姓不一，但他们却拥挤在同一狭小的时空中，具备几乎完全相同的思想品质、道德观念，经受着同样的精神压力，一篇与一篇之间，既不是人物灵魂不同侧面的各个表现，也缺乏一种向纵深发展的层次递进。这使得五四时期大部分作家的小说，都形成一种明显的倾向：人物形象定型化。我们可以不大费力地将某一作者的人物归于一类，寻找到他们的共同特征，这些性格的“共同性”，同时几乎又是展示于作品中人物性格的全部。五四小说人物的定型系列主要有如下几种：

冰心:烦闷——“爱”、“美”型

从创作于1920年的《世界上有的是快乐……光明》开始显露端倪,到1921年的《超人》,冰心为她笔下的人物构造出一个固定的性格——严格地讲是情绪——模式,由此形成一系列具有相同面貌的人物:凌瑜(《世界上有的是快乐……光明》)、彬君(《一个忧郁的青年》)、何彬(《超人》)、静伯(《爱的实现》)、“诗人”(《最后的使者》)、“他”(《烦闷》)、星如(《悟》)。这些人物的定型特征是:他们大多具有优越的家庭环境,自幼受过良好的教育,他们关心国事、探索人生,却陷入了精神的烦闷,他们常常把“思想引到无尽处”,做深不可测的思索,最终又都依靠母爱和童真的感化而得以解脱,重新获得对未来的信心和希望。凌瑜烦闷至极甚至想寻绝路时,听到海边两个天使般的少女的劝说,心中便充满了一种“不可思议,庄严华美的感情”,从而重新回到生活。何彬因一男孩的行动,感悟到母爱的伟大和人与人应当互相牵连的乐观思想,等等。

冰心小说人物的这种定型化特征,事实上正是她自己这一时期精神世界的外化,她同时期的散文和诗歌,在情感基调上与其小说几乎完全一致。

郁达夫:“零余者”

郁达夫认为,“艺术作品,都是作家的‘自叙传’,这句话是千真万确的。”①同样,把郁达夫笔下人物的性格特征,视之为他自己的精神的写照,也并不过分。在他笔下,无论是《沉沦》中的“他”、《南迁》中的伊人,《茫茫夜》《情乡病》《秋柳》《空虚》中的于质夫,《采石矶》里的黄仲则,《茑萝行》《青烟》《春风沉醉的晚上》《薄奠》中的“我”,尽管称呼不一,但其生活遭际和心境,却相差无几。他们追求名誉、金钱、女人,但漂泊异邦、备受歧视引起的民族自卑感,经济困顿带来的“生的苦闷”,追求异性爱情而不得的“性的苦闷”,将他们的精神压迫至于颓废甚至变态的境地。感伤、忧郁而又愤激构成他们主要的情绪特征,坦率、正直、善良,是他们最突出的精神品格。他们常常是拖着“委靡得同风的影子一样”(《青烟》)的身体,惺忪着眼睛,出入于旅馆和酒店之间。这些特征几乎可以全部适合他早期作品中的人物形象。从《沉沦》开始,郁达夫的一系列作品可以说都是他自己情感世界的不断流泻,它们都是“兴味的继续,不是新的发现,我们并没有在《沉

① 郁达夫《五六年来创作生活的回顾》,《郁达夫研究资料》第 203 页。

沦》作者其他作品中得到新的感动”①。

同郁达夫经历相似，又遵循着相同创作原则的郭沫若，其早期小说人物在精神上与郁达夫作品人物有着相近的特征，他小说的基调比郁达夫更为激昂，表现出更鲜明的反抗情绪，但其人物却一样经受着穷困、漂泊的生活遭遇，他们虽未陷入所谓“性的苦闷”，但向往纯真爱情而不得的痛苦，使他们的心灵遭受着一次次打击。《残春》《漂流三部曲》《行路难》中的爱牟，《喀尔美萝姑娘》中的“我”，都是作者自我经历和情感的写照。

叶圣陶：感化型

叶圣陶的早期作品，在歌颂和赞美“美”和“爱”的理想时，有一种特定的表现方式，这些作品由于作者创作意图所致，着力展示了人物精神世界的一个方面。《母》《萌芽》《潜隐的爱》和《小蜻的回家》等作品中，作者塑造了相似的人物形象，以母子之间的互爱互怜暗示自己对人与人之间情感沟通的向往。

---

① 沈从文《郁达夫张资平及其影响》，《沈从文文集》第11卷第139页。

庐隐:哀怨型

庐隐从《或人的悲哀》开始,所表现的“只不过是她自己,她的爱人,她的朋友,——她的作品带着很浓厚的自叙传的性质”[①]。《海滨故人》中的五位女青年,是具有相同生活遭遇,经受着相同精神压迫的知识女性,互相之间没有明显的个性差异。她笔下的人物都在追求精神上的恋爱与安慰,然而求之不得的痛苦与既得之后的失望,使其陷入无法自解的困惑之中,她们试图以自暴自弃的态度在人生之谜中游戏,最终却发现自己反被人间游戏。于是,她们诅咒一切,恨世、厌世之语随处可见。她们不但寻找不到真正的幸福和希望,甚至得不到些许的安慰。朋友间的通信往来及其同病相怜,成了她们最为充实的生活内容。

淦女士(冯沅君):矛盾型

淦女士是出现于五四中后期的作者,她的一本《卷葹》,以其大胆的笔触,诉说着青年男女追求婚姻自主、意志自由的痛苦。其中六篇作品(包括两篇《附录》),尽管各自独立,

① 茅盾《庐隐论》,《庐隐》,人民文学出版社 1984 年 7 月版第 248 页。

但合起来却似一个中篇。贯穿这些作品始终的核心，是其中人物无一例外地经受着同样的精神痛苦：母爱与情爱的冲突以及因此造成的内心矛盾、困惑。

五四小说浓厚的“自叙传”色彩，是作家各以自己的精神世界为表现对象的结果，相比较而言，他们对内心的感受比对外部观察更为敏感。他们把创作的热情大量倾注于自己的心灵世界的剖白，而不是现实生活的提炼与挖掘。许多作家甚至毫不掩饰自己在作品中的存在，连名姓有时都不改变。冰心的《烦闷》中有“冰心”，顾仲起《最后一封信》的人物就是“顾仲起”，郁达夫《茑萝行》里的“我”，旁人称其为“达”。

作者如此创作，读者也就自然在很大程度上将作品当做作者自我经历的情感的展现。是否真实地表现了自我，成了许多读者衡量一篇作品是否真实的重要准则，也成为作品能否引起读者情感共鸣的首要前提。石评梅在谈到读了《寄天涯一孤鸿》时说：“我在灰尘的十字路街头逢见女师大的仪君，她告诉我《小说月报》最近期有你（庐隐——笔者注）寄给我的一封信，我问什么问题，她告诉我后我已知道内容了。我心海深处忽然涌现起惊涛骇浪，令我整个的心身受其拨动而晕厥。”她竟然把小说自认为是朋友间的书信，敏感的神经致使闻其名而灵魂颤栗。某读者谈到顾仲起的《最后一封信》时，认为这篇作品“以十二分的哀感读他，他写这篇文字时，我们可以想见，一定是一面在流涕，一面写着的”①。在作者、人物、读者之间建立如此切近的联系，情感的共振达到如此强烈的程度，这的确是中外文学史上少有的现象。它使这些作品中的情愫更加真切，情调愈加急切，在显得狭窄的精神领域中酿造出一种紧迫人心的气氛。在引起读者共鸣这一点上，“自叙传”成为他们最有可能选择的表现方式。它充分显示了五四时期作家固守的文学信条：真，尤其是情感之真。

要求在创作中表现主观情感的呼声，在五四时期的文学社团和刊物的宣言、主张中比比皆是。这是个性主义在文学领域找到的最佳突破口，它并不要求他们的声音达到完美无缺的和谐统一，而是要调动他们的热情，使其以各自不同的曲调，汇成一组“心之曲”，使他们在纷繁中共同显示出活腾腾的生命价值。在我们研究五四小说时，这是一个应当时时引起重视的现象和特征。

---

①《最后一页》，《小说月报》第14卷第9期。

五四作家内心矛盾、困惑的大胆袒露

五四是一个充满活力和生气的时代，是中国历史黑暗走向光明的黎明时期。但在这里，我更愿意说它是一个充满各种矛盾和冲突的历史时期。理想，尤其是历史变革时期的理想，总是在抛弃现实的同时矗立起来，因此，现实不会为人们理想的实现提供足够的条件，而总是以吝啬、苛求甚至残酷的态度阻碍或抑制人们的追求。同时，对于吮吸着传统文化营养成长起来的五四青年来讲，旧的伦理道德原则已有意无意地渗入他们的灵魂，成为他们思想和行动的出发点与重要准则。个性解放是他们的追求目标，但还不是已获得的自由。他们必须冲破现实的樊篱，获得自由言行的基本权利，更要同时战胜自我精神上“因袭的重担”①，这无疑是一种更为艰难并充满矛盾的斗争。对于形象地揭示人的本质的文学来讲，就不仅要表现人们与黑暗现实的抗争，对理想的讴歌，更要揭示人物内心灵与肉、情与理、反抗与怯懦、亢奋与幻灭等纠缠不清、难以排解的内心矛盾。不仅要展现社会历史的动荡，更要揭示人物的蜕变。五四小说作者忠实于自己

① 鲁迅《我们怎样做父亲》。

的时代，忠实于自己的心灵，他们坦率地暴露自己的灵魂，毫不掩饰自己的内心矛盾困惑，为我们展现了历史巨变时期觉醒了的青年灵魂深处的痛苦挣扎过程，袒露了他们灵魂蜕变过程中的矛盾与困惑。

理想与现实的冲突以及无法调解的矛盾，是这些人物经受的最主要的内心困惑。“现代青年的烦闷已到了极点。”① 因此，“烦恼这个名词五四左右实支配到一切作者的心。每一个作者似乎‘应当’或者‘必须’在作品上解释物与心的纠纷。”②

冰心小说的人物，怀着冷漠的态度观察周围世界。对“凡带一点生气的东西都不喜爱”，他们常在烦闷中苦苦思索人生之谜，最终对世界的虚伪、黑暗感到绝望甚至产生“自杀的念头”，往往独步到海边，选择那“一条黑暗悲惨的道路”。但你没有必要过于担心，冰心此刻正好为她的人物找到了光明的途径——“美”和“爱”的理想。为什么冰心笔下的人物在现实烦闷的挣扎中却借一种虚幻不实的理想来寻求解脱？正是因为现实的烦闷过于沉重，疲倦了他们的灵魂，才产生

① 茅盾《创作的前途》，《小说月报》第12卷第7期。
② 沈从文《论中国创作小说》，《沈从文文集》第11卷。

了这种幻想。但问题的关键在于，如此沉重的现实痛苦和郁闷是否真的能通过人类之“爱”这一由简单的说教观念构筑而成的甬道中释放而出？现实的普遍黑暗难道真能借“母爱”的光彩驱除尽净？这无疑是不可能的，“爱”与“美”与其说是一种理想，不如说是一个避风港。在这温柔的港湾，他们还不时把头伸出去观望狂暴的风雨。也许正因为这一原因，使冰心一边大唱母爱赞歌，一边仍然不断倾泻内心的烦闷。“美”和“爱”的理想与现实人生的烦闷像两条色彩极不协调的线索，纠结于人物内心当中，使他们摇摆不定，难得解脱。现实的沉重负累使他们的理想无论如何无法真正飘至天国、远离红尘。在冰心那里，理想一刻都无法与现实真正脱离。人物不仅被“爱”感化，同时还努力从中获得在现实中抗争和奋斗的武器与力量。因此，“最后的使者”为烦闷的“诗人”带来了一把“金斧”，劈开了黑暗，摧倒了忧伤，使青年重新获得对未来的希望。“一个忧郁的青年”最后得到的，是“祝你奋斗到底！祝你得最后的胜利”的鼓舞。也正因此，凌瑜感受到内心中“光和爱”的温暖，但并未因此获得一切。作者只是给予他奋斗的希望，真正的理想，还“等着青年自己去找”。

这就是冰心小说人物的矛盾，也是冰心自己的困惑。她的人物虽然好像总是从烦闷到“爱”和“美”的转化终结，但事实上却是在这两极之间徘徊、彷徨。他们虽然忧郁,却绝不悲观,"'悲观'两个字,我很不爱听,忧郁是第一步,奋斗是第二步。""现在不过是一个忧郁时期,以后便是奋斗时期了。"①然而,由于冰心的理想从一开始就是实现不了的,她无法为自己笔下的人物寻找到实现理想的真正有力的手段和途径。"奋斗"这个她所不敢忘记的现实观念,在这里不免显得有几分飘渺不实。对于"美"和"爱"的理想,连当时的冰心自己也不相信,"这只是闭着眼儿想着,低着头写着,自己证实,自己猜疑……一般是自欺自慰,世界上哪里是快乐光明?"②怀着这样的情绪创作,其作品就不能不表现出矛盾、困惑以及无法解除的痛苦。在冰心小说看似自足自圆的封闭体系中,依然暴露出无法弥合的裂口。

叶圣陶早期小说,也从一个独特的角度表现了自己对人生理想的向往和对世态炎凉的失望以及二者间的冲突。《隔膜》以纯粹的心理感受片断的剖白,静态地描写了人与人之间虚伪隔膜的关系。《孤独》中的老人渴求世人的同情、谅解,为得到灵魂的慰藉,他甚至将希望寄于一个儿童能叫他

---

① 冰心《一个忧郁的青年》,《冰心文集》第 1 卷第 455 页。
② 冰心《问答词》,《冰心文集》第 3 卷第 10 页。

一声尊敬的称呼，然而一切都使他感到失望，不得不复归于孤独之中。叶圣陶同时也借对母爱的描写传达自己的人生理想。在他笔下，母爱的内容不外是以下两个方面：母子之间感情上的相通无间（《伊和她》《母》），母爱的不可或缺或其爱力的不可抵御（《潜隐的爱》《萌芽》）。作者借此暗示人与人之间互相体谅、互相同情、爱恋的可能性。作者也时常将现实与理想这正负两极在冲突状态中展现出来，反映出作者思想上的矛盾。《啼声》里的婴儿，在啼哭中怀疑和诅咒所谓母子之爱，虚伪的表象与其实质是对人世的认识。其他如《祖母的心》《平常的故事》，都是借对儿童的态度，表现爱与自由同现实之间的矛盾。

王统照也是一个对人生问题极为关注的作家，他怀着人生应当美化的态度表现生活，构思作品。所谓美化，便是一种“精神上的恋爱生活”①。阿根因一女犯人的微笑受到感化，获得对生活的信心和希望，改变了自己的人生观（《阿根》）。《沉思》则从反面表现了“与爱和美的生活不协调的生活”②。他也时常表现“美”的理想如何在现实生活中破灭。

① 瞿世英《〈春雨之夜〉序》。
② 瞿世英《〈春雨之夜〉序》。

《雪后》中天真纯洁的儿童用雪堆成楼阁，却遭军阀铁蹄的践踏，美好的理想被无情摧残、破灭。王统照常用“繁丽的文字，写幻梦的心情”，但最终“却结束在失望里，使文字美丽而人物黯淡”①。

许地山的创作更为特别，同其他作者一样，他也表现现实的缺陷，并试图寻找出路。由于作者受基督教的影响，常常怀着超然出世的态度解除理想与现实的冲突。他没有像冰心那样借“美”和“爱”的理想将人物从自绝的边缘拉回到现实生活，而恰恰是以“死”来解脱现世的痛苦。《命命鸟》中的敏明和加陵，在不得自由恋爱之后，手挽手走向海中双双自尽，“他们走入水里，好像新婚的男女携手入洞房那般自在，毫无一点畏缩。”他们这种超然静穆的态度来自于他们带着浓厚宗教色彩的人生观：“咱们是生命的旅客，现在要到那个新世界，实在叫我快乐得很。”

在五四小说中，另外一种冲突可以说带着更多的血和泪，更加揪人心肺，这就是个人幸福的追求与社会阻碍之间的冲突。这是一个迫切需要答案却无从寻找的矛盾。解决这一矛盾的方法和途径不是靠幻想天国的“美”和“爱”，求得

① 沈从文《论中国创作小说》，《沈从文文集》第11卷。

心理平衡所能达到,它更需要现实的反抗行动。胆识和意志在这里受到最严峻的考验。

这种矛盾痛苦集中表现予以青年追求恋爱婚姻自由为题材的小说中。这些作品中,真正使人物精神产生矛盾困惑的根源,不是暴力的压迫,而是掺杂着束缚人的精神自由的伦理常情。冯沅君小说集《卷葹》中的女青年,不畏大锁禁闭,几次夺路逃跑,但母亲的慈爱却奇迹般的消融了她们的意志,使其成为爱情追求中的失败者。她的人物无一例外地经受着同样的精神痛苦:母爱与情爱的冲突。这两种共属人类天性的美好感情,本不应有任何抵牾,就青年欲求自己的婚姻能得"皆大欢喜"的愿望来讲,在选择爱侣时虑及父母的意愿本也无可厚非。然而,一个无情的事实却是,夹杂着浓厚封建伦理道德观念的母爱,客观上束缚着和剥夺着青年自由选择的基本权利,要求她们就范于旧的道德原则。她们明显感到这两种爱情之间的不协调和互相抵触,"怎么爱情在我们看来是神圣的,纯洁的,而他们却看的这样卑鄙污浊?"她们努力在两种爱情之间进行抉择,那态度不免幼稚却真诚得让人感佩。"因为母亲的爱,所以不敢毅然解除和刘家的婚约,所以冒险回来看她老人家。因为情人的爱,所以宁愿牺牲社会上的名誉,天伦的乐趣。"两种爱情的冲突,"使我精神上感到五马分尸般的痛苦。”即使这种抉择的痛苦得到稍微缓和，冲突暂时解除，作者所给予我们的，也只是意志的弱化与消融，这是令人失望却又真实不过的选择。《误点》中的继之在去见自己的情人，因误车返回家中，看到母亲惊喜的神情时，便“深深感到母亲的爱的伟大，这一刹那间母亲的爱战胜了情人的爱”。不过这的确也只是“一刹那间”的平息，那种“五马分尸般的”痛苦，是难以真正平息的。这种新与旧的内心冲突，是笼罩于五四青年灵魂中普遍的精神痛苦。郁达夫《茑萝行》中的“我”迫于“母亲的含泪的规劝”，勉强与自己“不得不爱”的女人结合；庐隐的《海滨故人》中，宗莹为自己“始终要为父母牺牲”而痛苦。云青则“为了父母的意见，宁可牺牲她一生的幸福”。

这的确是一种剧烈的冲突，痛苦和困惑使他们甚至怀疑自己的觉醒。庐隐笔下的亚侠(《或人的悲哀》)把自己的精神痛苦归于知识的获得，“假若智慧之神不光顾我，苦闷的眼泪永远不会从我心里流出来啊！”即使她们终于获得了恋爱、婚姻自由的幸福，也仍然无法解脱内心的烦闷，因为婚后琐碎的家庭生活，与她们早先幻想的前景之间尚有较大距离。因此，她们又将痛苦归于结婚。“我只要能找到灵魂的安慰，那可怕的结婚，我一定要避免。”她们向往爱情，又厌恶标志自己追求胜利的结婚，怀恋以往的处女生活。《前尘》中的女主人公，婚后两三天就感到苦闷难耐，但这种心灵上的极端苦闷归于任何一方面都无法真正解除。于是，人生，人间的一切在她们的眼中都是悲剧的根源。“一切的事情，都不过像演戏一般，谁不是涂着粉墨，戴着假面具上场呢？”愤激过甚，无法发泄，便抱着“游戏于人间”（《海滨故人》）的态度，企图在黑暗中沉睡下去，但最终发现，反是“只被人间游戏了我”。

这些作者以自己的痛苦作为代价，获取了那么多的经验，精神上的沉重负荷使他们不至于将希望寄于空虚不实的幻想之中，却又像风筝一样无法把握自己的方向，一颗不断遭受压迫打击的不安定的灵魂，不知何处才是归宿，只能徘徊于矛盾的疆场，愤激地诅咒，凄婉地呻吟，在痛苦的夹缝中抒发自己的情怀。作者这种真诚、坦率的态度，“展览自己的勇敢。”①为我们揭示出一颗滴着滚烫的鲜血、融合着冷涩的心灵。

最能使人感受到五四小说家情感真率的，莫过于郁达夫等作者对于自己私生活甚至变态心理苦闷、焦灼的暴露。这

① 沈从文《论中国创作小说》，《沈从文文集》第11卷。

种苦闷和焦灼来自于个人欲望的追求与外在道德规范之间的冲突。五四小说作者大胆真率的袒露，使人感到触目惊心。

郁达夫小说中“性的苦闷”的自我暴露，评论界一直争论不休，而争议的焦点大多集中于这种描写在思想内容及对读者影响上的积极性与消极性两者之间的“比例”。大多数人又喜欢引用郭沫若关于郁达夫“这样露骨的直率”，使道学家和伪君子们“感受着作假的困难”一段话，给予这种描写以适度的肯定。但笔者认为，仅在反封建道德观念这个层次上承认其存在的合理性，不对这种描写本身的特殊性做剖析，并不能真正把郁达夫小说的性描写与传统的诲淫文学区分开来，因为后者在某种程度或一定范围内，也可与这种进步性相联系。郁达夫的独特之处，在于他表现了人物在寻求色欲满足过程中的矛盾心理，表现人物变态行为的心理基础，使这些情节与作品整个主题和情调密切相联，成为作品的合理成分。他大胆暴露人物内心的变态心理和卑琐行为，时常让人触目惊心。《茫茫夜》中的“他”为了解除自己的内心苦闷，竟然去骗取女人用过的手帕和针来寻求刺激；同时他又表现人物内心的二重矛盾，这种矛盾首先来自生理欲望与社会一般道德的冲突及自我谴责。《沉沦》中的“他”在苇草丛中偷听一对青年男女的私语时，一面不肯离开，一面又痛骂自己："你去死吧，你怎么会下流到这种的地步。"《空虚》中的于质夫没有对贸然钻入自己房内的少女做任何过分的举动，尽管他的心在苦闷的恐惧中"被拷问似的苦了好久"，显示出极强的克制力，但等少女离开后，却又紧贴床感受那"被上留着的她的余温"，一方面不敢也不忍做任何"冒犯"行为，一方面却又用变态举动发泄内心的欲求与渴望，这真是奇特的正常与少有的病态之间的矛盾统一。

矛盾的另一方面来自于同妓女接触时的"同病相怜"之感。《秋柳》中的于质夫，在极端苦闷时溜到妓院，当他真的同妓女海棠在一起时，又产生了一种"同是天涯沦落人"的感触："可怜的海棠，也是同我一样，貌又不美，又不能媚人，所以落得清苦得很。唉，侬未成名君未嫁，可怜俱是不如人。"生活遭遇的相似使其心灵得到净化。落泊、穷困、备受歧视等等，把他与这些被别人，有时也被自己玩弄的人物联系起来，精神上产生一种同情之感。

这种在生理欲望的追求中所产生的精神上的二重矛盾心理，才是郁达夫小说的性描写之所以不为人厌恶的主要原因。这一特征贯穿于他几乎所有类似的作品之中。他揭示了这种生理苦闷与人物其他的苦闷之间的必然联系，使其成为人物整个悲剧命运的一部分。正是由于这一原因，读郁达夫的小说“发生兴味及感兴”，根本区别于张资平所描写的“抽象的情欲感应”。诚如沈从文所言：“郁达夫作品告诉我们生理的烦闷，我们却从张资平作品中得到了解决。”①

创造社另外一名作者郭沫若，也在其小说创作中袒露了自己的内心隐秘，《叶罗提之墓》记述叶罗提对自己嫂子的内心爱恋；《喀尔美萝姑娘》中的“我”大胆袒露自己精神上对一个陌生少女的依恋以及这一过程中复杂的内心矛盾。

这些作者大胆、坦率的创作态度的确是惊人的。他们完全意识到了这样做可能遭到的非议。“我把我的内生活赤裸裸地写出来时，我恐怕一切的朋友们都要当面唾骂我，不屑我。”然而，“我要求自己的真诚。”②希望在这种真诚态度之下从事的创作，能得到世人的同情与共鸣。

五四小说作者的真率，一方面是个性解放思想在文学创作实践中的体现，另一方面也由其思想上的局限造成，他们

① 沈从文《论中国创作小说》，《沈从文文集》第 11 卷。
② 郭沫若《喀尔美萝姑娘》，《沫若文集》第 5 卷。

从事创作的根本目的是要借文学之力表达自己对社会人生的态度,张扬自己的个性。他们几乎都没有更多的诸如希望成为作家的功利目的,所以创作时便较少虑及艺术表现方式上的变化。他们的创作大都显得缺乏凝炼和必要的组织,整个作品的构成,没有一种游刃有余的弹力;在他们激流倾泻地涌出的激情后面,没有足够丰厚和深广的含蕴。丰富的生活经验同时时处于激奋当中的情感世界,因缺乏应有的思想认识水平,而成为一股不知该向何处流去的潮水。在当时,"尚没有一本小说把新旧思想不同的要点及其冲突的根本原因,用惊人的文字,赤裸裸地描写出来……这似乎也是个缺点。"①

最终写出这种"惊人的文字"的,是鲁迅。鲁迅也在探索和寻求冲破现实黑暗的出路,但他对现实的清醒认识,使他没有像同时期部分作者那样,把理想寄托于"美"和"爱"的天国,而是暗示植根于现实土壤的前途和希望,虽然他本人对这种理想的具体情境难以准确把握。《故乡》中的"我",同样忧患于人与人之间精神上的隔膜,他希望后代"不再像我,又大家隔膜起来……然而我又不愿意他们因为要一气,都如我

① 茅盾《创作的前途》,《小说月报》第 12 卷第 7 期。

的辛苦辗转而生活，他们应该有新的生活，为我们所未经生活过的”。在他那里，人生的理想和希望如“地上的路”，是靠人走出来的。也因此鲁迅将人物置于“爱而不得”的痛苦与既得之后的失望中，但他既没有将不得自由的痛苦归于母爱情爱冲突的一般伦理层次，也没有把婚后的理想幻灭追溯到绘声绘色甚至知识的获得等上面。在《伤逝》当中，他通过子君和涓生的悲剧，提示了在根深蒂固的封建势力面前，个性主义惨遭夭折的必然性，揭示了同传统思想斗争的长期性与艰巨性，以及把个性主义视为最高理想的软弱与局限。对于自己民族的历史与现实的清醒认识和国家命运前途的不断思索，加之他那惊人的韧性战斗精神的禀赋，使他没有一味地停留于内心的纠纷和困扰，在对人物受伤心灵的揭示的背后，更蕴含着深远的思索，炽热的激情和不灭的信念。他也没有像其他作者那样，不时将人物推向阻断一切路——前进、后退或彷徨——的唯一“出路”：自杀，借此来向社会报仇，解脱自己灵魂当中无休止的烦闷。较之同时期其他作者，鲁迅对自己的时代具有更大的适应性。

主观情感中的时代精神

主观情感的大胆袒露，无疑是五四小说创作的共同倾向，但如果仅仅在表现“个人”的层次上将这一时期小说纷纭复杂的面貌加以集中是远远不够的。构成五四小说创作共同趋向的实质，是他们在个人情感的抒发中散发出的那种共同的“顽强的渴望——就是力求要理解、感觉、猜想国家的未来，它的人民的命运，它在地球上起的作用”①。一种强烈的社会责任感、历史使命感和炽热的爱国主义激情，共同构成这些作品的情感主调。

五四时期的小说作者普遍地表现内心的烦闷，这是因为“现代青年的烦闷已到了极点”。他们表现“美”和“爱”的理想，是因为他们同时想把“光明指给烦闷者，使人与人之间无形的界线泯灭”②。文学“为人生”的呼吁，不仅是真实地再现现实生活的文学见解，同时也包含着“改良人生”的欲望和要求。从许多作者的文学见解中可以看出，他们有时把文学的作用看得过大，准确地说是想象得过大了。把文学视为“是

① 高尔基语，转引自米赫拉普钦科《作家的创作个性和文学的发展》第 101 页。
② 茅盾《创作的前途》，《小说月报》第 12 卷第 7 期。

超于时与地与人的，是常常立在时代的前面，为人与地改造的原动力”，以为“人们的最高精神的联锁，惟文学可以实现之”①。由此导致对“美”和“爱”的虚幻理想的赞美与歌颂。这种把抽象的人类之爱当做人生理想的倾向，是他们努力摆脱现实烦闷，却寻找不到现实出路而又要努力做出表示的夹缝中的产物。正因为如此，才使他们尽管对这种理想一边怀疑，一边还要反复讴歌。我们也因此不难理解，为什么冰心在“爱的实现”业已完成的同时，还不忘“奋斗”的呼喊。“美”和“爱”不是使他们变成“超人”，恰恰是从“超人”意识和自杀念头中拉回到现实，重新获得对生活的信念与希望。他们除了借此使自己的精神得到暂时的慰藉外，更希望同时代的青年能像自己笔下的人物一样，从中摆脱内心的烦闷。温情脉脉的吟唱无法隐藏他们内心的焦灼不安和那种真诚的社会责任感。正是在这一点上，使他们根本区别于那些“象牙之塔”内的作家。

其实，人的本质就是一切社会关系的总和，任何个人都不能脱离现实的制约，主观情感的表现中或多或少地透露着社会和时代的内容，即使“象牙之塔”内作家的作品，不同样

①《文学旬刊宣言》。

可以显示出他们作为社会存在的因素吗？远离现实社会本身就是对现实社会态度的表征。当然，五四小说作者在反映现实和表现时代时，有着非常鲜明的态度和自觉的意识。他们剔除自己心灵世界中的复杂成分，只将那些与社会现实问题相关的东西表现出来，甚至因此造成情调上的单调与内容的狭窄。他们自信“自己知道的国事比别人多些”，“自己比别人更有十分沉重的责任感。”①所以才固执地表现个人主观情感。在文学观上，自认为“由个人的苦闷可以反射出社会的苦闷，可以反射出全人类的苦闷来”②。以为“人生的文学”，“就是个人以人类之一的资格，用艺术的方法表现个人的感情。”③从而“由一个人的心灵中，传达到无数量的心灵中”④。这种自认为自己是社会一员的信念支撑着他们创作的动力，更不用说，他们本身生活圈子的狭窄，对于力求以“真”为创作的根本要求的他们来讲，除了表现自己，别无选择。

正是由于这一原因，使郁达夫、郭沫若这些留学国外的

① 孙伏园《回忆五四当年》，《五四运动回忆录》（上）第 259 页。
② 郭沫若《论国内的评坛及我对于创作上的态度》，《文艺论集》第 111 页。
③ 周作人《新文学的要求》，《中国新文学大系 · 文艺论争集》第 144 页。
④ 王统照《本刊的缘起及主张》，《王统照文集》第 6 卷第 422 页。

青年作家，依然能在特殊的异邦环境中写出包含时代精神的作品。在郁达夫那里，那种产生或激化人物内心苦闷的，是民族自卑感，而这种思想，正是他们要求自尊而不得的结果，爱国主义精神是贯穿郁达夫小说始终的一条线索。由于异邦环境，使他笔下的人物时时意识到自己作为一个中国人的存在，他的小说因此与那些为民族、国家寻求出路和前途的青年的思想意识合拍，使广大青年从郁达夫那带有浓厚“自叙传”色彩的小说中，同样可以“发现自己的模样”，“认识了自己的脸色与环境。”①我们也就因此不会奇怪，为什么《沉沦》中的“他”，在个人“生的苦闷”和“性的苦闷”不得解除，被逼到死路上时，会发出“祖国呀祖国！我的死是你害的！你快富起来，强起来吧！”那种含着血泪、带着愤激之情的呼喊。今天，在纪念这位倒在日寇枪下的爱国志士时，人们已经真正认识到了郁达夫小说中的这一闪光思想，纠正了过去那种视其为颓废文人的偏见。

在郭沫若小说中，则是一种更为激昂的反抗帝国主义的激情爆发，《行路难》中的爱牟那“日本人哟！日本人哟！你忘恩负义的日本人哟！我们中国究竟何负于你们，你们要这

① 沈从文《论中国创作小说》，《沈从文文集》第 11 卷。

样把我们轻视?”“你们的帝国主义是成功了,可是你们的良心是死了。”这愤激的呼喊,不知激动了多少同时代的热血青年。

个性解放和意志自由,是五四时代的思想主潮,它几乎渗透于这一时代知识青年精神追求的各个方面。在表现青年男女对恋爱自由的追求时,与其说他们是为了爱情本身的满足而奋斗,不如说是向往一种个性自由得以张扬的美的境界。他们追求恋爱自由更主要的,是向往个人意志的自由。《隔绝》中的“我”在绝命书中写道:“亲爱的阿母……我爱你,我也爱我的爱人,我更爱我的意志自由……现在因为你的爱情教我牺牲了意志自由和我最不爱的人发生最亲密的关系,我不死怎样?”他们对爱情的追求,更多的是为了精神上的满足和慰藉。庐隐小说中的青年女性,并不因为得到别人的爱而兴奋,也不为最终结合而满足。她们只注重于精神上的满足。《或人的悲哀》中的亚侠,看到两个男子为得到自己而“互相猜忌,互相倾轧”,并没有因此得意,反而深感“人间实在是虚伪的可怕!”“人类的利己心,是非常可怕的,并且他们要是喜欢什么东西,便要据那东西为己有!”他们追求恋爱自由,似乎只是为了争取一种自由选择的权利,以显示自己在个性解放上的胜利。正因此,才使她们在既得之后,又怀恋以往的生活，对麻木、琐碎的家庭生活表示极端的厌恶。郭沫若《喀尔美萝姑娘》中的“我”，虽为没得到一个陌生女子的爱而痛苦，却仍然有足够的内在精神力量拒绝“有名的美人”、品性放荡的S夫人的诱惑。

正是由于上述原因，决定了五四小说在情感表现上的特殊性，即这些作品中的所谓主观情感，其实并非是对人物整个复杂心灵世界的揭示，而是带着强烈情绪色彩的人生观、宇宙观的抒发，是他们对现实态度的表露。他们不是以揭示人物内心各种复杂隐秘为创作目的，而大多是片断式的议论和感叹。这种抒情事实上包含着更多的理性因素甚至说教意味。大段大段的议论，打断了叙事文学应有的情节事件的描写，在一定程度上限制了作品的艺术成就。但它同时又避免了叙事文学可能出现的弊病：个人琐碎情感的喋喋不休的发泄，把艺术的价值推向纯粹个人化的僵死境地。这种关注现实，思考国家、民族命运的精神，将他们那些纷乱的情感因素统一起来，使他们的小说尽管形象模糊，结构散乱，却散发出一种特有的气息。历史地分析和评价这一现象，我们可以断定，这些在今天看来程度不同地缺乏艺术性的议论，对于五四时代的读者，有着我们甚至难以想象到的感染力，它们可以说是真诚的“说教”，充满激情的单调。

五四小说作者在表现个人、抒发主观情感中透露出的强烈的时代精神，表现了他们作为自己时代的讴歌者的真诚态度。这对我们今天处于新的历史变革时期的作家，在调解和处理创作个性的发挥与社会责任感的体现之间的关系时，不是一个重要的、发人深思的启示吗？我以为，研究五四小说创作的得失，探讨作家对这二者关系的处理方式的优劣，比那种纠缠于理论主张与创作方法的归属，在所谓积极与消极之间寻找最佳比例的无休止的争论，或许更有现实意义和理论价值。

五四小说：超越流派的艺术创新

五四小说以主观情感为主要表现对象，并努力通过个人透视社会和时代精神的创作倾向，使这一时期小说的创作方法及艺术风格呈现出复杂多样、革故鼎新的面貌。

关于五四小说的创作方法，评论界一直认定：以“为人生”为创作目的的文学研究会，属于现实主义；以“为艺术而艺术”为主张的创造社，则属于浪漫主义。从理论术语出发到作品中寻找相应的例证，往往产生片面化、简单化的弊病。文学研究会的骨干人物茅盾一再声称，文学研究会的成立

“不是因为有了一致的文艺理论要宣扬鼓吹”，“这个集团自始即不曾提出集团的主张，后来也永远不曾有过。”①就各成员来讲，对现实主义创作方法的热衷与偏爱，似乎也并不如我们想象的那么明显。《小说月报》的《改革宣言》里明确说明，他们“对于为艺术的艺术与为人生的艺术，两无偏袒”。即使在理论阐述上，也并未见得多么坚决，同在这篇“宣言”中申明：“写实主义文学最近已近衰竭之象，就世界观之立点言之，似已不应多为介绍，然就国内文学界情形言之，则写实主义真精神与写实主义之真杰作实未尝有一二，故国人以为，写实主义在今日尚有切实之必要，而同时非写实主义的文学，亦应充其量输入，以为进一层之预备。”可见他们是持着进化论的观点看待文学，把现实主义当做其中一个必要阶段而提倡这一创作方法的。

在文学研究会作家当中，很少有人从创作方法的角度谈论文学，他们大多是从人生观、社会观出发，探讨文学的社会作用及其功能。他们只是在“为人生”这一口号下相一致，至于如何表现人生，却并不求统一，在创作实践上，他们的确自始至终坚持写实的原则，但“写实”二字的含意却是很笼统

① 茅盾《〈中国新文学大系·小说一集〉导言》。

的、很模糊的。在大多数作者那里，都经历了从“问题小说”到“探索”人生是什么的过程。这一转折，使“写实”的含义，由写所见、所闻到写所感、所想；由对生活现象的写真到抒发主观情感之真。冰心小说越来越浓的烦闷气氛，庐隐小说自诉式的心灵独白，叶圣陶对心灵寂寞的描绘和对母爱的赞美，王统照小说的神秘氛围和许地山作品中的异域风光与宗教色彩，都使他们的小说带上了浓郁的浪漫主义色彩。当然，考察这些作者的创作动机，我们并不能充分证明这一变化在作家创作追求中的自觉性，他们的确始终坚持写实的原则。如果我们承认“问题小说”尽管很不成熟，但毕竟不失为现实主义的作品的话，那么，探索“人生是什么？”的小说则是在这一道路上的继续追求。他们不满足囿于生活之一隅做表面描写，希望自己的作品能引起更加广泛的共鸣，所以才从描写客观的外部生活，转向了对个人内心情感世界的挖掘。结果倒是这样：在现实主义的道路上不断追求，反增加了浪漫主义色彩。这种近乎奇特的现象，正是动荡时代在他们灵魂深处激荡的结果，是他们在没有足够的思想认识水平和应有的艺术素养的情形下，对社会、人生及其前景努力做出表示的结果。他们毫不掩饰自己内心的渴望、焦灼和苦闷，他们还不能够也不屑于用委婉的笔致，通过对现实生活的客观描写甚至运用象征手法将这些情愫渗透、暗示其中，而只怀着一种“真”的态度从事创作。这一“真”字的内涵，已由开始时的对生活的写真，增添了更多抒发内心的情感的真，使其含义变成了真诚、真切、真率、真挚。重要的是，作者自己并不以为这样做在多大程度上与现实主义的创作原则相违背。情感之“真”被他们视为文学灵魂，也成了他们小说的生命和骨髓。

创造社历来被称为浪漫主义的文学团体，人们往往把他们“为艺术而艺术”的口号与文学研究会“为人生”的口号对立起来。笔者认为，以郁达夫为代表的创作社作家的小说创作不能笼而统之地称其为浪漫主义流派，这其中有着较大的复杂性。

郁达夫“艺术品都是作家自叙传”①一语，成为人们认定他创作方法的浪漫主义倾向的重要的理论依据，因为“自叙传”就意味着表现自我，表现自我就等于浪漫主义，但在郁达夫本人那里，“自叙传”说却另有解释。他曾明确说过：“艺术品都是作家的‘自叙传’一句话，致惹起了许多误解，想在这里辨一辨证。找在那里所说的意思，是说作家要重经验。没

① 郁达夫《五六年来创作生活的回顾》，《郁达夫研究资料》第 203 页。

有经验，而凭空想象出来的东西，除非是有大天才的作家，才能做得成功，想在作品里表现出一点力量来，总要离不开实地的经验，不违背 Realism 的原则才可以。这是我的真义，这我想也是谁也应该承认的一个原则。”①不难看出，郁达夫的解释不但没有浪漫主义的味道，反倒将其“自叙传”的主张联系于现实主义(Realism)。他的所谓自叙，是为了使作品表现的内容更加真实，避免向壁虚造。

当然，考察郁达夫小说，我们认为，浪漫主义依旧是他小说中最主要的创作方法。这是因为，郁达夫所强调的经验，是指人们对现实生活的情感体验。他同时强调：“诗的实质，全在情感。”②“小说的表现，重在情感。”③“历来我持以批评作品好坏的标准是‘情调’两字，只教一篇作品能够酿出一种情调来，使读者受了这情调的感染，能够很切实地感着这作品的‘氛围气’的时候，那么不管他的文字美不美，前后的意思连续不连续，我就承认这是一个好作品。”④重写感情，力求在创作中酿造出一种气氛和情调，成为他创作的全高要求和

①《郁达夫研究资料》第 208 页。
②《达夫文艺论文集》，香港青年出版社，第 71 页。
③《达夫文艺论文集》，香港青年出版社，第 125 页。
④《郁达夫研究资料》第 234 页。

目的。这种倾向也是创造社其他作者的共同见解。郭沫若、成仿吾等对创作的认识与理解与郁达夫基本相同。

在这些作者的作品中,形成了以情感世界表现为主,又不乏生活细节描写的特征。情感流动是其小说的情节主线,人物行动等生活细节是为表达情感出现的副线,由此形成他们创作方法上以浪漫主义为主、以现实主义为辅的特色。浪漫主义是其精神,现实主义在更多情形下是技巧。但这并不意味着现实主义创作方法在他们的创作中是纯属被动的,它之所以能够与浪漫主义共存,根本上在于这些作者在情感倾向上,总是选择人物内心当中由对社会人生的关切引起的感触、对现实社会的态度等方面的内容。一个有趣的现象是,较之冰心等文研会作家,创造社的作家很少描写现实生活以外的理想世界,在人物命运的结局处理上,也从不带上虚幻的灵光圈或给予宗教式的超脱。他们笔下的人物无论多么痛苦,也不曾将思想引向超出现世的极乐世界。冰心笔下的人物,大都借母爱与童真从死的欲念中挣脱;叶圣陶《阿凤》中的童养媳阿凤,孤独寂寞中,在动物身上找到了慰藉:“伊不但忘了诅咒,手掌和劳苦,伊连自己都忘了。世界的精魂若是‘爱’、‘生趣’、‘愉快’,伊就是全世界。”许地山《命命鸟》中的男女主人公,因失恋而轻生,但他们却为此感到快乐。

郁达夫小说中也写到了死，但《沉沦》中的“他”临死时喊出的是切盼祖国兴盛、强大的口号，较之文研会作家的“美”和“爱”理想，更加震撼人心。即使同样表现对“爱”的向往和追求，冰心、叶圣陶、王统照等赞美着普遍的人类之爱，而郁达夫、郭沫若等则赤裸裸地袒露出自己对异性爱情的渴望及求之不得的痛苦。

由此可见，大多数作者的创作中，都不是严格地遵循、固守着某一创作方法，在许多作家的作品中，现实主义与浪漫主义是同时并存的。当然，他们往往还不能把二者完美地融合于一体，而多呈现为一种杂糅相间的现象，在部分作者的作品当中，还兼有象征主义、神秘主义等西方现代派的创作手法。这一事实证明：五四时期，大多数作者的创作并未表现出对某一创作方法的自觉追求。他们是“本着自己的内心要求”从事创作的，他们真正注重的是寻找抒发自己内心感受的表现方式。他们创作中的浪漫主义倾向，不是出于对时髦形式的崇拜和模仿，而是根据时代的需要产生的。随着社会历史的发展变革，他们并不痛苦地抛弃了这种情调，向扎实、凝重的现实主义发展。在文研会作者那里，浪漫主义的色彩是伴随着他们曾经信奉的空虚理想的幻灭而消退的。正如王统照所说：“虽然并没有几年间隔，而对人生痛苦的尖刺愈来愈觉得锋利，对解决社会困难的希求也愈来愈迫切。”不像过去那样，“只是从理想中祈求慰安”了①。他从《湖畔儿语》开始，不再描写那种虚幻不实的理想，对现实人生苦难的写真取代了带有神秘色彩的“写意”氛围。冰心也从五四后期开始逐渐减少直至抛弃了对人生哲学的玄想和母爱理想的赞美。创作于 1931 年的《分》标志着她在现实主义创作道路上的成熟。叶圣陶的“母爱”题材从《潘先生在难中》(1925 年)以后不再出现。郁达夫《春风沉醉的晚上》《薄奠》，预示着他小说中浪漫主义与现实主义比重的转化。

创作方法上的这种转变，是作家的描写领域和表现对象由主观到客观，由个人情感到现实生活转变的结果。从根本上说，是中国社会从思想革命向政治革命转变在文学领域引起的必然影响。五四小说的经验证明：“浪漫主义不是一种关于人对世界的态度的严整的理论，它也不是一种创作理论。”“浪漫主义乃是一种情绪，它其实是复杂地而且始终多少模糊地反映出笼罩着过渡时代社会的一切感觉和情绪的色彩。”②文学史的发展同时证明，现实主义是小说创作中最

① 《王统照短篇小说选集 · 序言》。
② 高尔基《俄国文学史》第 70 页，新文艺出版社 1956 年版。

优越、最长久的创作方法。五四小说家不是从文学教科书而是从自己创作实践的曲折历程中得出这一结论的。

题材和内容的更新，必然导致艺术形式和技巧的变革，艺术技巧的选择和运用体现出作家对生活素材的评价方式和处理方式。由于五四小说内容上的主情倾向，致使这一时期小说在艺术形式和艺术技巧的运用上，也有着区别于其他时期小说的共同的“特殊性”。需要指出的是，五四是一个新与旧相冲突、抗衡的变革时代，它的首要任务是摧毁一切旧的樊篱，破除传统的规范，强调和讴歌行为和思想的自由。不是也不可能立刻推出并就范于某一种新的规范。表现在这时期小说作者的创作态度上，他们努力破除旧文学的僵硬格式的束缚，要求创作上的绝对自由，因此，他们常常表现出轻视艺术形式和技巧的倾向。最典型的如郁达夫在谈及自己创作《沉沦》时所说：“所以写《沉沦》的时候，在情感上是一点也没有勉强的影子映着的；我只觉得不得不写，觉得只能照那么写，什么技巧不技巧，词句不词句，都一概不管。”[1]我们应在与传统小说艺术的比较中，探寻五四小说技巧运用的特点及其贡献。

---

① 郁达夫《忏余独自》，《郁达夫文集》第 7 卷第 250 页。

首先，由于表达情感的需要，作品的叙事角度发生了变化。中国传统小说受说书艺术的影响，以做事情节的叙述为主要表现形式，作者纯然置身物外，以全知全能视角表现对象。五四时期，则大量出现以“我”为叙事角度的小说，这种叙事人同时也是作品主人公的“独特的无名性”①，使得这些作品在表现主观情感上获得了更大程度的自由和直接性。鲁迅的《狂人日记》《一件小事》《故乡》《祝福》《孤独者》等，都是以“我”为叙述视角展开情节的。叶圣陶的《隔膜》《晓行》《苦菜》，郭沫若的《牧羊哀话》等，都以“我”为中心，郁达夫小说中那些“他”、“伊”、“质夫”、“文朴”，其实本质上是带着作者自我影子的“我”。作者把自己的观点、态度和情绪全部寄托到人物身上去了。

与作品叙述角度变化相伴随的，是小说体裁的革新和灵活多样，一个突出的特点，就是日记体、书信体小说的出现。这些体式为作者自由地抒发情感提供了便利条件。1918 年鲁迅写下了日记体小说《狂人日记》，其后庐隐的《丽人的日记》、冰心的《疯人日记》、淦女士的《卷葹》等，都采用了日记体和书信体形式。有些作品则在情节叙述过程中夹带大量

① 〔苏〕波斯彼洛夫《文学原理》第 138 页。

书信，借以直抒情怀，冰心和庐隐在这方面尤为突出。还有一些作品，则采用人物心灵独白的方式，郁达夫的《茑萝行》、鲁迅的《伤逝》均以主人公对自我灵魂的解剖为叙述主线，使作品情感更加真切感人。

五四小说这种以“我”为中心，以主观情感为主要表现对象的特征，决定了这些作品在情节的组织、安排，也即结构方式上的特殊性。可以说，除鲁迅、叶圣陶等少数作者外，大多数五四小说作者都不很重视作品的结构。郭沫若、郁达夫、庐隐、王以仁等的作品，程度不同地暴露出缺乏必要的组织和节制的缺憾。作品情节从何开始，到何处终止，都没有必要的交待。这自然与他们自身思想认识的混乱、繁杂相关，同时也是要求创作自由的结果，因此，明显缺乏控制的五四小说的结构，同时也可说是一种开放式的结构。虽然显得“开”有余而“收”不足，但对于传统小说以偶然冲突始，以“大团圆”为终的呆板模式，无疑具有重大的突破作用。以人物的“情绪史”为小说的结构主线，注重人物内心某一方面的情绪活动的揭示，使这些作品尽管显得支离破碎甚或散乱庞杂，却依然衬托出一种特有的氛围和意境。也许正是这种“形散而神不散”的特殊表现方式，使这一时期的小说常常与散文接近甚至同一。

鲁迅是最能够把小说形式的现代化与民族化完美融合的作家。鲁迅小说具有完整、严密的结构，体现于《风波》《故乡》《祝福》《孤独者》等作品中的那种“封套式”①结构，是现代中国小说的典范，但鲁迅又决不囿于这种模式，他凝炼、浓缩情愫和素材，使之寓于完备的结构中，同时更不因适应形式而减低思想的含蕴。他的作品总是在必要的控制中自由地驰骋，使其思想与艺术完美融合于一体。鲁迅在突破传统的同时，为现代小说寻找到了新的形式“规范”。这也是他高出其他同时期作者的一个方面。

五四小说的主情特征

五四小说注重个人主观情感抒发的特征，使我们在探寻形成这一倾向的原因时，必须从社会、时代和个人主观因素几方面加以考察。

五四“是一个新时期的降生和过渡时代，人的精神已经跟他旧日的生活与观念世界决裂”②。至少是追求这样一种决裂。以个性解放为中心的启蒙运动，促动了青年对于个人

---

① 参见《国外鲁迅研究论集》第 334 页，北京大学出版社。
② 黑格尔《〈精神现象学〉序言：论科学认识》，商务印书馆。

权利的呼唤。《新青年》曾以特大字号书写道:“个人生存的时候,当努力造成幸福,并且留在社会上使后来的个人也能享受。递相接受,以至无穷。”那些涉世未深的热血青年,在这期间自然会用充满激情的笔调抒发自己对社会人生的态度以及追求理想的渴望、焦灼与苦闷。

追求个人权利,就是追求自由的思想、自由的创造、自由的行动的权利,“浪漫主义真正的定义是一种自由的权利。”[①] 以主观情感表现为中心的新小说产生在这样一个时代,是有其历史必然性的。

社会思潮的兴起,必然引起文学观念的变革。新文学的开拓者们,彻底否定封建的“文以载道”和把文学“当做失意时的消遣的工具”的陈旧观念,树立文学“‘为人生’并且‘改良人生’”的旗帜。他们要求创作自由,尤其是表现主观情感的自由。情感,这个被封建伦理道德所压抑、束缚的人类天性,在这一时期备受尊崇。封建时代的文学自然并非弃情感而不顾,但几千年来的儒、道思想统治,使文学中的情感必须囿于“乐而不淫,哀而不伤”的格套中,无法自由挥洒。这是封建“中庸之道”在文学上的表现。但五四文学家们则在个性解放的潮

① 转引自柳鸣九《〈法国浪漫派作品选〉序》。

流中,大胆呼吁情感的重要和表现的自由,文学研究会的主要成员郑振铎一再声称:“文学是思想、情感的表现……它是专以‘真’字为骨干的,它是情感的直接的表现,它是国民性格社会情况的写真,它的精神是赤裸裸的,不雕饰、不束格律的表现于文字中的。”①“文学以真挚的情绪为它的生命,为它的灵魂。”②“我们要求‘真率’,有什么话便说什么话,不隐匿,不虚冒。我们要求‘质朴’,只是把我们心里感到的坦白无饰地表现出来,粉饰不过是‘虚伪’的逃遁所,与‘真挚’的伤害。”③

这种重视情感,尤其是对真挚情感的直率袒露的热衷,成了大多数五四小说作者的文学观念。庐隐也声称:“文学创作是重感情,富主观,凭借刹那间的直觉,而描写事物,创造境地。”④就连一贯主张客观写实,以写实著称的叶圣陶,这一时期也认为:“文艺家不必管什么家派,仿效什么家派,只须能够特别过人的感受和兴趣浓厚的感情,就可以有很好的文艺作品创作出来。”⑤正如一些作者的创作经历了从简单写实到抒发感情这一变化过程一样,他们的文学观念也有明显的

---

① 郑振铎《〈俄国名家短篇·第一集〉序》。
② 西谛(郑振铎)《新文学观的建设》,《中国新文学大系·文艺论争集》第160页。
③ 郑振铎《〈雪朝〉短序》。
④《庐隐选集》第496页,百花文艺出版社。
⑤《叶圣陶论创作》第7页,上海文艺出版社。

前后差异。冰心在“问题小说”时期，是“由模糊而慢慢看出了在我周围的半封建半殖民地的中国社会里的问题。这里有血、有泪、有凌辱和呻吟，有压迫和呼喊……我只想把看到的种种问题，用小说的形式写了出来”①。到《超人》时期，她的文学观念明显地带上了更多的主观色彩，“能表现自己的文学，是创造的、个性的、自然的，是未经人道的，是充满了特别的感情和趣味的，是心灵的笑语和泪珠……总而言之，这其中只有一个字‘真’……‘真’的文学，是心里想什么，笔下写什么，此时此地只有‘我’。”她甚至呼吁：“文学家！你要创造真的文学吗？请努力发挥个性，表现自己。”②

五四时期作家的这种文学观念，使我们想起曾被鲁迅批评过的杨振声关于小说创作的一段言论。杨振声曾在他的《〈玉君〉自序》中声称：“若有人问玉君是真的，我的回答是没有一个小说家说实话的，说实话的是历史家。”③我以为，杨振声在这里实际上是强调了文学创作要表现主观的思想。同时在这段话里，他说：“历史家取的是科学态度，要忠实于客观，小说家取的艺术态度，要忠实于主

---

①《冰心论创作》第14页，上海文艺出版社。

② 冰心《文艺丛谈》，《小说月报》第12卷，第4期。

③ 杨振声《〈玉君〉自序》，《现代中篇小说选》第179页，宝文堂书店。

观。”他把艺术态度等同于忠实于主观，这在一定程度上是与当时整个文学思潮相一致的，他的观点并非荒谬，而是把表现主观的观点绝对化了。他按照这一理论创造出来的《玉君》，并非完全是一个“傀儡”，依然具有一定的认识价值与艺术价值。

要求文学以表现真挚的情感为中心，已成为五四时代觉醒了的知识分子普遍的社会心理，是否表现了真挚的情感，成为这一时期审美的最重要方面。我们可以从一些作品在当时读者中的反响和评论家的论述中见出。

鲁迅在《随感录四十》中，曾举出一位不知名的少年表现自己受封建婚姻迫害，陷入“不得不爱”的痛苦中的一首诗。这首诗在艺术上可以说是很粗糙且肤浅的。但鲁迅却为它“醒而真”的真挚感情所感动，认为它是“血的蒸气，醒过来的真声音”。叶圣陶的《母》在今天看来，无论思想和艺术都不免失之于空浮和浅露，茅盾在小说的“附注”里却写了如下感想：“圣陶这篇作品，何等地动人，那是不用我来多说，读者自能看得出。我现在是要介绍圣陶兄的另一篇小说，名为《伊和她》的，请读者参看。从这两篇很可看见圣陶兄的著作中都有他的个性存在着。”正是由于这种社会审美心理，才使得那些大量倾泻主观情感的小说久盛不衰。了解了这一特点，我们就不会奇怪，为什么像《超人》那样的充满“干燥的理论”[1]的作品，会使茅盾读后也“不禁哭起来”[2]，为什么《沉沦》出版后，有那么多的青年不远千里，乘车赶到上海抢购，其影响和轰动出乎郁达夫本人的预料。可以说，五四时期的作家，他们自己就是时代的典型，他们所倾诉的情感，自然会引起同时代人的共鸣。情感的共鸣，是五四时期读者最高的审美理想，他们阅读作品，是要从中发现自己。当时的青年作者石评梅对庐隐谈到读了她小说后的感想：“《灵海潮汐致梅姊》和《寄燕北诸故人》我都读过了，读后我觉得你就是我自己，多少难以描画笔述的心境你都替我说了，我不能再说什么了。一个人看到别人是自己的时候，这是多么不易得的而值得欣慰的事……人世虽冷酷无情，我只愿恋这一点灵海深处的认识，不再希冀追求什么了。”[3]正是这种在创作中寻找自己，发现自己的普遍的社会审美心理，使这一时期的小说作者在主观情感袒露的创作道路上走了较长时间，也使一些尚缺乏应有的艺术素养的读者大胆地拿起笔，写下自己内心的衷曲，由此共同推动着现代小说创作方兴未艾的繁荣局面。

---

① 贺玉波《歌颂母爱的冰心女士》，《中国现代女作家》1932 年版。
② 《〈超人〉附注》，《小说月报》第 12 卷。
③ 《石评梅作品集》(散文)，第 41 页，书目文献出版社。

当然，既是以主观情感表现为主要特征，那么，除社会、时代等客观原因外，也应注意考察形成这一倾向的作者本人身上的主观因素。作者本人的出身、经历、性格和气质不同程度地影响着他们创作的风格特征。郑伯奇在分析创造社浪漫主义风格形成的原因时指出："他们都是在国外住得久，对于国外的缺点和中国病痛都看得比较清楚；他们感受到两重失望，两重痛苦……第二，因为他们在国外住的久，对祖国产生一种怀乡病，而回国后的种种失望更使他们感到空虚。第三，因为他们在外国住的长久，当时外国流行的思想自然会影响到他们。"①创造社作家作品中普遍存在的感伤、孤独以及从中透露出来的反抗情绪，无不与他们流落异乡、怀恋祖国、遭受民族歧视的特殊经历和精神压力相联系。

五四小说的特殊风貌，也来自作者本人的现实处境与内心追求之间的严重分离。他们常把恋爱痛苦作为倾诉内心情感的突破口，一个重要原因就在于，他们本人往往有着同样的不幸遭遇与心灵痛苦。他们许多人在少年时期就接受了封建家长制安排下的婚姻命运，这一"因袭的重担"与他们对个性自由的追求形成悲剧性冲突，这些切肤之痛必然会成

---

① 郑伯奇《〈中国新文学大系·小说三集〉导言》。

为人们创作时的重要题材。鲁迅、郭沫若、郁达夫等，都是封建婚姻的直接受害者，庐隐在恋爱婚姻上的遭遇更加令人同情。在五四时期，不知有多少青年遭受着类似的痛苦和不幸。当这些作者把这些痛苦在创作中直接抒发出来时，尽管他们在艺术处理上显得不很成熟，但那种真挚的情感却照样能找到知音并引起强烈的反响。

五四小说的抒情倾向，也来自于这些作者正属血气方刚的青年时代。除鲁迅步入中年外，其他作者大都在二十五岁左右，青年时代对人生理想的渴望以及因受压抑又无法真正清醒认识所引起的焦灼、迷惘、苦闷，都大大加重了这些作品的主情色彩。

主情倾向对现代小说的影响

五四小说作者大胆、直率地袒露自己真挚感情的创作倾向，在中国现代文学乃至整个文学史上都具有巨大的贡献和深远的影响。

首先，把主观情感作为创作的表现中心，在表现个人中反映社会，这是对封建抑情主义的有力反拨。中国传统文学由于长期受封建礼教的抑制，在文学创作上形成了“哀而不伤,怨而不怒”的原则,温柔敦厚、典雅庄重的文学风格是封建道德在文学领域中的投影。因此,尽管情感在古代文论占有重要的一席地位,但它却常常被囿于“中庸”的框框当中。五四小说家大胆突破禁区,对传统的文学观念进行挑战,取得了根本性的胜利。当然,作为叙事文学,小说在情节表现上应当有自己的特殊性,尤其对现实主义小说来讲,个人主观情感应渗透到对“典型环境中的典型人物”①的塑造中去应当建立在“细节的真实”②基础之上。但这一要求对五四小说作者来讲,似乎太高了,如前所述,当时除鲁迅外,大多数作者对新文学的建立还没有清晰的认识,还难以在一种成熟的理论指导下进行创作。他们的可贵之处,在于从不顾忌任何理论上的约束,要求创作的自由,同时又在大胆的探索中,寻找最适合自己的艺术表现方式。随着国内形势由思想革命运动转入政治革命斗争,大多数作家自觉地把注意力转向广阔的社会生活,加之已经聚集了丰富的创作经验,大部分作家在客观反映生活与主观情感态度流露之间寻找到了较为得当的分寸,为新文学的建设做出了自己的努力和贡献。五

① 恩格斯《致玛·哈克奈斯》,《马克思恩格斯论文学与艺术》(一)第188页。
② 恩格斯《致玛·哈克奈斯》,《马克思恩格斯论文学与艺术》(一)第188页。

四时期,他们用极端的形式反抗极端的传统观念、反映极端黑暗的社会现实,是无可指责的。

其次,五四小说的主情倾向,为现代小说新形式的建立与发展起了重大的积极作用。把情感当做艺术表现的核心,使小说从揭示层次到艺术形式都具备了深刻化、多样化的特征。小说的叙事角度、体裁、结构等,都为现代小说新形式的建立与发展起到了开拓性的促进作用。

在创作中直率地袒露自己的主观情感,使五四小说发射出特有的光芒,但同时也在一定程度上限制了作家的创作。把情感抬到不切实际的地位,甚至认为“孤单的凄清就是艺术的酵素”①,使一些作者在艺术创作探索的道路上出现了一定时期的停滞。过分重视主观情感的体味和直露的抒发,限制了作品可能达到的深刻性和广阔性,在艺术手法的运用上也缺乏丰富性和多样性;创作的题材难以超出知识分子的领域,作品情调往往流于哀伤肤浅、狭窄虚飘之中;个人情感不能和丰富的现实生活结合,自我精神的封闭体系割裂了与历史和现实内容的密切联系。这些缺陷与极端化倾向,在当时文学界就有反映,有读者对《小说月报》提出意见,以为“以前

---

①《王以仁选集》第38页,浙江文艺出版社。

几期,常有神秘的创作发现,使读者读了以后,都感着'模糊'、'昏沉'的痛苦! ……最好把民众的,短小的都选登几篇,我预料一部分的读者,都有这种遗憾的"①。尤其对于那些发泄苦闷颓废情绪,动辄以自杀结束的小说表示不满,恳切地"希望从积极的文字上提倡,解除青年人们烦恼才好"②。王统照于1923年就指出,当时"突进的许多文学刊物中间,都犯了两种弊病是:创作过多而介绍量少,情绪方面的作品多,而艺术上太缺欠。第二种缺点,几乎成了中国新文学作品通有的缺陷"。"只知直抒一己情绪的挥发,而没有相当的艺术,成功的作品固然少了,有时还可将其深沉、美妙、悲哀的情绪丧却。这是我们所不可忽视的。"③由此可见,情感表现的分寸得失,的确是我们研究、总结五四小说创作的一个重要方面。

五四小说的主情倾向,同时给予了我们深刻的理论启示,即文学的真实性问题与情感在文学中的地位。

文学的真,往往被认为主要是反映现实生活的真实。就文学的社会作用来讲,自然是正确的。但作为艺术,文学在

---

①《李圻延致振铎》,《小说月报》第14卷,第7期"通讯栏"。
②《刘觉我致振铎》,《小说月报》第14卷,第11期"通讯栏"。
③《王统照文集》第6卷第464页。

反映和表现生活时，具有其他学科不可取代的特殊性。这种特殊性，突出地表现为它的整个过程都伴随着情感活动进行，情感融注于艺术作品的最终成果中。如果一部作品只具备某种程度上的“史实”记录的真实，缺乏真挚的情感，就不能成为优秀的文学作品。文学创作中的失真其根源就在于作者本人的情伪，瞒和骗的文学是最低劣的文学。五四时期的文学虽然在表现生活的深度与广度上暴露出明显的欠缺，却依旧是值得我们大书特书的文学时代。其主要原因，就在于其中所包含的真挚的情感、真诚的创作态度，在一定程度上弥补了作家其他方面的缺点和不足。

由此，情感在文学中的重要作用与地位也可从中得到印证。深刻的思想认识、真挚的情感以及高超的艺术技巧，是创作优秀作品的条件，而其中情感则起着举足轻重的中介与核心作用；情感，是构成艺术家心理素质的最重要的因素。

五四小说的经验同样告诉我们，文学的繁荣与发展，必须要有相应的社会条件，即创作的自由以及对这种自由权利的正确利用。五四小说家们以自己大胆的探索精神和奋斗勇气，获得了创作的自由，同时又能把个人自由与社会、时代需要较好地结合起来，在表现个人时反映社会，抒发主观情感的同时透露时代精神，一个根本原因，就是他们那种时时牢记的高度社会责任感。

今天，我们的作家获得了创作的自由，处在一个“文学的黄金时代”，如何正确地利用这一神圣的权利，将个人才能的发挥与社会、时代的责任完美地结合起来，赋予文学以真正的生命力，五四小说的创作经验不是一面很好的镜子吗？

（本文系作者的硕士论文(1986年)，论文主体部分发表于《陕西师大学报》1987年第2期）

略论五四小说中的“母爱”

时代对文学的影响是巨大的,即使对一些普遍的人类感情,也不能完全按照“人类天性的权利”来赞美,而常常要“根据历史的权利”[①]来表现。五四时期,有许多表现母爱的小说,在这些作品中,我们除领略到类似“慈母手中线,游子身上衣”的伦理感情外,更重要的,是可以从中呼吸到五四时代的强烈气息,他们不属于别的任何时代,而是只有在五四时期才能唱出的母爱之歌。

在创作中表现母爱的现象,出现在一个以反抗封建制度和封建意识,向往和追求个性主义为思想主潮的时代,是有其历史合理性的。在当时,对个性自由的追求与反抗封建意识和习惯势力的斗争是同时进行的。一个突出的表现,就是觉醒了的青年对婚姻恋爱自由的大胆追求和以父母为主要代表的封建家长制的严重阻碍。但对大多数青年来讲,个性主义虽然是他们信仰和追求的新思想,但它还未与他们内心的道德观念、行为准则融为一体,还不是一种“无意识”的意识。相反,封建的道德观念并未在他们灵魂中完全消除。这样,对新的进步意识的渴求与旧思想的“因袭的重担”在他们内心形成一种矛盾冲突。他们把阻碍自己婚姻自由的封建

①《别林斯基选集》第二卷,第406页。

观念仅仅看成是家庭的反对，而这种反对，又与母爱这一伦理感情混为一谈，由于他们对所谓“母爱”怀着不容置疑的珍视态度，从而形成了他们心灵中情爱与母爱的冲突，陷入了无法摆脱的矛盾困境之中。其次，五四时期，由于个人与社会、理想与现实形成尖锐冲突，孤独感、寂寞感普遍存在于当时的青年知识分子中，渴求人与人情感沟通，向往充满“爱”的理想天国，就成为当时小说创作的一个重要主题，而这种“爱”在许多作者那里，是以母爱为中心的。由此，五四小说在表现母爱时呈现出两种倾向：一是把包含着陈腐性质，事实上已在阻碍着理想实现的母爱缩小到只是必须珍视的伦理之情；二是把一般的伦理感情夸大到人生理想的最高体现者的程度。前者主要以淦女士（冯沅君）的短篇小说集《卷葹》为代表，后者则表现于冰心、叶圣陶的部分作品中。

早在1919年，罗家伦的《是爱情还是痛苦？》（《新潮》第一卷第三号）中，就把情爱与母爱的冲突直接表现出来。小说描写名叫叔平和素瑛的两位男女青年志同道合，相爱无间，但叔平因迫于家庭压力，只得回家接受父母为自己安排的婚姻，虽然他曾想以拖延婚期和离婚结束这种命运，却因念及父母多病，顾虑社会舆论而最终饮恨。虽然作者的描写非常浅薄，但已经表现出家庭对自己追求自由的抑制以及二者之间的矛盾。

把这种矛盾表现得更加尖锐,突出的,是冯沅君的短篇小说集《卷葹》。这些作品中,无论是“我”(《隔绝》《旅行》《慈母》《写在母亲走后》),还是乃华(《隔绝之后》)、继之(《误点》),都经受着相同的精神痛苦,即情爱与母爱的冲突。这种冲突的形成,与其说是她们无力反抗黑暗势力的结果,不如说是因她们无力战胜自我精神上“因袭的重担”而造成更为确切,更能体现五四时期青年知识分子思想、心理的特殊性。母爱与情爱的冲突,使她们的心理经常发生一种不平衡现象,这种不平衡主要体现为她们在母爱与情爱之间抉择上的矛盾。有时,她们“因为情人的爱”,“宁愿牺牲社会上的名誉,天伦的乐趣。”有时,又“因为母亲的爱”而“不敢毅然解除和刘家的婚约”(《隔绝》)。在追求新思想时所带着的旧观念的影响非常明显。她们总是把二者混为一谈,思想认识上存在着极大的模糊性,“我不能压制我的个性,我不能违背我的良心,抛弃我的挚爱者,……我宁肯做礼教的叛徒,我不做良心的叛徒。”(《误点》)个性主义、恋爱自由与良心相提并论。对情人的挚爱被视为自我良心的完善。就这样,本来是个性主义、意志自由与压抑人的个性的封建意识的斗争,被他们简单地、肤浅地看成是两种爱情的对立与冲突。他们毫不怀疑自己对婚恋自由的追求，但同时又把家庭的反对看成是为自己好。追求自由的意志常常被母爱的力量所消磨，“我觉察到我的微小的灵魂，已被由她那衰老憔悴的身躯中射出的伟大的母性的爱威慑——无宁说是感化——着了。”（《慈母》）她们经常被家庭中的天伦之乐陶醉，“我们在母亲面前是孩子，小侄们在我们面前又是孩子，家人的爱——尤其是母亲的爱——把这三代人紧紧地连在一起了，假如我是个大诗人，宇宙间的一切美丽伟大我不歌颂，我只歌颂融在爱的光中的和乐家庭。”（《慈母》）

冯沅君把新旧思想的斗争仅仅表现为两种爱情的冲突，暴露出很大的局限性。但这种局限中，却为我们展现了五四青年真实的精神面貌。作者虽然站在与人物同一思想水平上，但她真诚的创作态度，真率的内心袒露，使我们认识到，现代中国所反抗封建礼教和封建意识为宗旨的思想革命，是一个长期的、艰巨的任务。这一思想在鲁迅小说中得到了深刻的揭示。鲁迅的《离婚》中，爱姑的反抗虽不是直接面对母爱，但同样是封建礼教的威慑使她失去了先前的坚决的斗争态度。冯沅君小说中，与母爱、情爱的冲突相联系，也表现了渗透在其他方面的人物的内心矛盾。他们在别人目光之下，那种想互相接触又不敢的矛盾，与母爱、情爱的冲突根源于相同的心理基础。鲁迅曾对冯沅君小说人物的这种矛盾做过精辟的论述。他指出，冯沅君小说“虽嫌过于说理，但还未伤其自然，那‘我很想拉他的手，但是我不敢，我只敢在间或车上的电灯被震动而失去了它的光的时候，因为我害怕那些搭客们的注意，可是我们又觉得很骄傲的，我们不客气的以全车中最尊贵的人自命’这一段，实在是五四运动之后，将毅然和传统战斗，又怕毅然和传统战斗，遂不得不复活其‘缠绵悱恻之情’的青年们的真实写照”①。

五四时期，在其他一些作者的作品中，对青年所经受的这种矛盾、痛苦，都有不同程度的表现。庐隐的《海滨故人》中，宗莹因不愿接受父母安排的命运却又不敢毅然反抗而“直觉难堪”，“只恨为什么这么倒霉？”云青在给露沙的信中，承认自己：“自幼即受礼教之熏染。及长已成习惯，纵新文化之狂浪，汩没吾顶，亦难洗前此之遗毒，况父母对云又非恶意，云又安忍与抗乎？乃近闻外来传言，又多误会，以为家庭强制，实则云之自身愿为家庭牺牲，何能委责家庭。”这种真率的心理自白，展现了五四青年真实的精神面貌。郁达大

① 鲁迅：《〈中国新文学大系·小说二集〉导言》。

《茑萝行》中的“我”，在向自己“不得不爱的女人”诉说这种不幸婚姻的痛苦时说：“这原不是你的错，也不是我的错，作孽者是你的父母和我的母亲。”但他们对这种不幸的命运不敢直面反抗：“但是怯弱的我们，没有能力的我们，教我们从何反抗起呢？”这些作品中的人物，与冯沅君《卷葹》中的人物一样，都经受着心灵深处的矛盾痛苦并因此形成哀伤、郁闷，甚或“游戏于人间”的心理特征。

在冰心和叶圣陶小说中，母爱则以另外一种面貌出现，在这里，母爱不但不是人物人生理想的对立物，而恰恰是他们理想的最高体现者，尤其在冰心小说里，母爱的力量已大大超过了伦理之爱的范围。

冰心五四时期的小说在基调上是悲剧性的。她所集中表现的是五四时期青年知识分子普遍的精神“烦闷”。早在1921年，茅盾就曾指出：“现在青年的烦闷已到了极点。”文学家不仅要反映出这种“烦闷”，而且“应该把光明的指导给烦闷者”，“使无形中还受着历史束缚的现代人的情感能够互相沟通，使人与人中间的无形的界线渐渐泯灭。”在创作中倾诉一种“全人类共通的情感”①。这种带有“人性论”色彩的见

① 茅盾：《创作的前途》。

解，是当时许多反抗黑暗，追求光明的青年共同的希望。冰心小说中的母爱常常是与人物的“烦闷”同时表现的，它是人物在“烦闷”至极时幻化出的理想。在冰心那里，母爱之所以是人类最伟大的感情，是因为“世界上的母亲与母亲都是好朋友”，因为世界上没有不爱儿女的母亲，所以“世界上的儿子和儿子都是好朋友”，由此，世界上的人“都是互相牵连的，不是互相遗弃的”(《超人》)。

把宇宙观、人生观建立在母爱的基础上，这种宇宙观、人生观就只能是一种空虚的、唯心的理想，而母爱成为人生理想的最高体现者，这种母爱就较多地成为一种抽象哲学的化身。在冰心小说中，母亲的形象被描写成一个只在梦境里和幻想中才能出现的理想天使。“星光中间，缓缓地走进一个白衣的妇女，右手撩着裙子，左手按着额前。走近了，清香随将过来，渐渐地俯下身来看着，静穆不动地看着——星光里充满了爱。”(《超人》)不仅如此，母爱既然是人与人互相牵连的天使，那么，它的力量就不是一般的对儿女的关怀、惦念、操劳，而是“可以使我止水似的感情，重要荡漾起来”(《超人》)，“这如火如荼的爱力，使这疲缓的人生，一步一步够向光明。”而那光明便是“人类在母亲的爱抚之下，个个自由，个个平等”①。

冰心小说表现母爱的这一特征，是她在探索人生的过程中，深感现实黑暗，寻找不到理想而又要努力做出表示的夹缝中的产物。事实上，连冰心自己对这种理想都抱着怀疑和否定的态度。就在她大唱母爱赞歌的同时，又在怀疑和否定这种理想，她坦率地说明，她在表现这种“宇宙的爱”时，“只是闭着眼儿想着，低着头儿写着，自己证实，自己怀疑，开了眼儿，抬起头儿，幻象便走了！乐园在哪里，天国在哪里？依旧是社会污浊，人生烦闷！……一般是自欺自慰，世界上哪有快乐光明？”②冰心是个热切关注现实的作家，她自己深感母爱不能给人带来真正的出路。因此，母爱既是一种暂时的理想，同时又是一个逃避所：

母亲啊！
天上的风雨来了，
鸟儿躲到他的巢里，
心中的风雨来了，

① 冰心：《通讯·十二》。
② 冰心：《问答词》。

我只能躲到你的心怀里。[1]

无论理想也罢，慰藉也罢，冰心对母爱的表现从根本上是入世的，即使躲在母亲的"心怀里"，也不能平息"心中的风雨"。她的母爱描写没有使她成为"象牙之塔"内的作家，而同她小说中的人物一样，是五四时代的"时代儿"。

作为一个女作家，冰心对母亲之爱有着特殊的敏感，尽管这种情感被湮没于抽象哲学的表现中，但也时常从中闪现出来。《遗书》中的宛因，在海滨养病期间，曾有过这样微妙的心理活动："我这病恐怕很危险，……我所最关心的，就是我——后，最好不要使母亲触绪怀人。我平日看书，遇有可心处，便用笔在眉上加些批语。现在也不敢写了，恐怕以后母亲拿起书来，要伤心的。"如此细微的心理描写，真实地表现了儿女对母亲的敬仰之情。可见，冰心是一位对母爱有真切了解的作家，在这一点上，"她的散文比她的小说好。"[2]因为在散文中，她对母亲的爱力做了比小说更真实，更细腻的描写。《寄小读者》中有许多对母亲的热情赞美与真切怀恋。

叶圣陶是一位以客观、冷静地写实著称的作家，但他"初

① 冰心：《繁星 · 一五九》。
② 茅盾：《冰心论》。

期的创作,在如实地取材与描写之外,确还有些别的,我们称为理想”。“爱与自由的理想是他初期小说的两块基石。”[①]而其中最突出的,就是他对母爱的表现与赞美。在他的小说中,母爱不像在冰心小说中那样遍撒宇宙和世间,他是失望于现实中人与人之间相互隔膜,赞美母子之间高尚、纯洁的感情的。

叶圣陶表现母爱的内容包括:(1) 母子之间在感情上是相通无间的,如《伊和她》《母》;(2) 母爱是人间不可缺少的感情,如《潜隐的爱》《地动》;(3) 母爱的力量是不可抵御的,如《萌芽》。在表现这些主题时,一个共同的特点是,这种母爱之情都经历了一个从平淡甚至抵制到逐渐“发现”的转折过程。《伊和她》写儿子不小心用皮球打伤了母亲的眼睛,母亲的痛状使他慌恐、难受,而母亲却因此激动,母爱得以发现。《萌芽》描述一对青年夫妇,从害怕生孩子受拖累,到最后因母爱之力的驱使反而盼望孩子早日出世的微妙的心理过程。

因此,尽管叶圣陶把母爱视为一种“描写不出的感觉”(《母》),“不可名言的感动”(《萌芽》),但我们仍旧可以看出,

---

① 朱自清:《圣陶的短篇小说》。

他对母爱的表现在情感倾向上是有所选择的。他描写的母子之爱并非生离死别的大喜大悲，而是生活中几乎被人注意不到的极平常、极自然的细节。作者把这些细节像放到显微镜下一样体察入微，从中提取自己所需要的部分，即母子之间的情感相通。他力图从小中见大，暗示人与人之间情感相通的可能性，把母爱描写成从“‘灰色’人生转化为‘光明’的必要条件”①。他对母爱的这种表现，是对他在《孤独》《隔膜》中表现的人情淡漠、世态炎凉的补偿，是对自己内心孤独感、寂寞感的慰藉。

一方面与自己的理想相冲突，一方面又是人生理想的最高体现者，五四小说表现母爱的这两种倾向本身似乎就是一种矛盾。但这种矛盾统一在一个相同的归结点上，即他们灵魂深处大胆与怯懦，反抗与屈服，热情与郁闷，追求与退避的矛盾统一。思想上的二重性，决定了表现内容的二重性。对人类天性的赞美与表现时代的要求相掺和。但从总的倾向上看，五四小说家没有把对人类天性的赞美当做表现母爱的最终目的，他们真正的目的，是要借此表现自己对个性主义的执着追求与对人生理想的探索。尽管冯沅君在《慈母》篇

① 茅盾：《〈中国新文学大系·小说一集〉导言》。

首题了孟郊《游子吟》“慈母手中线，游子身上衣”这首脍炙人口的歌颂母爱的诗歌，但她的小说却未正面表现母爱的伟大，而是贯穿着卷葹这种“拔心也不死”①草的精神，象征自己对个性主义、意志自由的不灭信念。冰心等对母爱的赞美，总是伴随着诅咒黑暗现实，抒发内心“烦闷”，探索人生理想同时进行的，人物对母爱的渴望与赞美，是他们的精神力量难以支撑黑暗现实的压力，又在现实中找不到出路时，寻求自我意识的虚假同一的必然结果。

只有在新旧思想激烈冲突、斗争的历史时期，才会出现这种二重现象。到了大革命时期，无论是丁玲笔下的莎菲，还是茅盾小说中的“新女性”，较之五四时期的青年知识分子，在精神上已发生了巨大变化，个性主义已融入了她们的灵魂深处，她们不再像五四青年那样，经受封建意识的“因袭的重担”所带来的矛盾与痛苦。在她们追求个人幸福和自由时，似乎从未顾虑父母的意志。到了40年代，即使表现农村青年对婚恋自由的追求时，母亲也不再是一种“善”的对应物了。赵树理《小二黑结婚》中，小芹的母亲“三仙姑”是个封建恶势力的代表，青年一代敢于同她进行公开的、坚决的斗争。

---

① 鲁迅:《〈中国新文学大系·小说二集〉导言》。

时代在前进，作家创作中的表现对象和思想倾向也在相应地发生变化。冰心于1928年写下了诗歌《我爱，归来吧！我爱》，表现了母亲盼望儿子早日返回家园、铲除不平的强烈愿望。1931年创作的小说《分》，通过两个婴儿的对话，表现了社会各阶级、阶层之间不平等，“世界上的母亲和母亲都是好朋友”一类观点，被对现实社会的揭露代替。叶圣陶早在1922年就在小说《啼声》里，对自己曾热衷于赞美母爱表示怀疑和否定，此后，母爱题材从他的创作中消失了。

通过以上分析，我认为，对五四小说中的母爱描写，既不能仅仅局限于对人类天性的赞美而大加赞赏，也不能因其局限性而忽视和否定包含其中的时代精神。只有坚持运用历史的和美学的观点考察、研究，才能得出客观、公允的结论。对于五四时期“母爱文学”的探究，无疑会有助于我们正确地理解这一特殊历史时期文学创作的特殊面貌。

（原载《中国现代文学研究丛刊》1986年第3期）

鲁迅：是谁的先生？

不知道从什么时候开始，反正是这两年的事儿，有人用“先生”二字专指鲁迅，这样看上去好像很庄严、很肃穆，而且给人一种和鲁迅关系特殊，真正“懂”鲁迅的感觉。为什么“先生”就可以专指鲁迅呢？想来想去，也许是几十年来，相当长时期里，中国人只以“同志”或“师傅”相称，“先生”一词，只有用在鲁迅身上才不显得腐朽、没落或不革命。“鲁迅先生”，同时也是毛泽东认可和使用过的词汇，所以一提“先生”，就会有人下意识地做出反应：鲁迅。这实在是一个有趣的现象。

近读张承志《再致先生》（《读书》1999年第7期）一文，一时还没有回过神来，以为是小说家言，虚构；也以为是致博导、硕导的抒情文章，亲切。不承想这个“先生”不是别人，正是鲁迅。因为已是一而再地“致先生”，我才想起我以上的印象从何而来了。

这是一篇充满激情的战斗檄文，作者的姿态是战士式的，一个永远在战斗着的鲁迅，一个想象中的“智识阶级”，构成了他笔下的两极世界。作者对鲁迅的尊崇令人感佩，但他对鲁迅以外的中国人的描述，却让人产生恐怖的感觉。文章给人一种鲁迅与全中国人，尤其是所谓的中国“智识阶级”过不去的印象。先看作者的全称判断：“已经不能速朽。你（指鲁迅——笔者注)只能痛苦地,与这个卑污的族种共存。”“环境与先生的当时,是那么类似。看是泱泱天下大族,中国人,其实缺乏共同的心理素质。”这样的描述和判断,就把鲁迅和“中国人”这个概念决然分开。“卑污的族种”、“泱泱天下大族”中,鲁迅出淤泥而不染,并以“纯洁”、“抵抗”的姿态傲视众生。这种对“人间鲁迅”再度神话化的做法,既感陌生又似曾相识。

也许是为了强化自己对“智识阶级”的愤懑之情,也许是不想把鲁迅孤立到旁若无人的地步,张承志在中国人里又特别强调了“智识阶级”的卑污、软弱和虚伪。在作者眼里,同是中国人,“百姓们”比起“智识阶级”更能懂得鲁迅,尽管这些百姓们是“在需要的时候,就可以想起他(指鲁迅——笔者注),就可以翻弄一回他那些不好懂的书,试着向他寻找”。“智识阶级”则不但在精神上与鲁迅无缘,而且简直就不配生存在这个世界。“在中国,谁遭遇了中国智识阶级的贫血气质、伪学、无节,以及下流的动作,谁就能接近鲁迅先生的本质。”这种判断不但过分绝对,而且打击面也实在太大。想一想,除了有权“再致先生”的学生以外,还有什么人能真正读懂鲁迅呢?真正是匪夷所思。

其实,张承志对鲁迅文章的理解和一些涉及“鲁学”的基本评述并不让人佩服。整体上看,张承志没有,也不屑于用实证的方法来研究鲁迅,因为他以一个作家的“活学活用”的态度认为,研究鲁迅,“参考就近在眼前。它就是不变的中国、不平的世间,和不义的智识阶级。”有时候,他也不得不涉及一些实证的内容,如认为,“所谓鲁迅,不仅在《新青年》杂志上,更是在‘三·一八’血案中诞生。对‘三·一八’流血的立场选择,不仅导致了事件之后的论战,更导致了鲁迅的论战风格。”众所周知,“三·一八”血案之前,鲁迅经历了一场旷日持久的论战,这就是同“现代评论派”,尤其是陈西滢等资产阶级自由主义知识分子的笔战。这场论战从1925年6月发表《并非闲话》开始,以发生在北京女子师范大学的学生“驱羊”运动(反对校长杨荫榆)为导火线,充分展示了鲁迅的论战风格,尤其是他“韧性的战斗精神”,在这场论战中得以确立并为世人认可。“三·一八”惨案中,鲁迅的学生,许广平的同学刘和珍和杨德群两位女师大学生惨遭杀害,鲁迅悲愤难平,写下了《无花的蔷薇之二》《记念刘和珍君》等一系列文章。这一点我们同张承志认识一致,但从论战的角度讲,“三·一八”并不意味着一场论战的开始,恰恰相反,在一定程度上,这一事件决定了一场论战的结束。一方面,由于鲁迅随后被列于“五十名通缉名单”当中,他不得不四处躲藏,并最终离开北京，到厦门大学去教书；另一方面，鲁迅的主要论敌陈西滢，早在“三·一八”之前，就已在鲁迅“韧性的战斗”面前疲于奔命，他自己及他的朋友徐志摩等人纷纷出来劝和、要求“休战”。“三·一八”惨案发生后，陈西滢出于本质上对军阀政府的偏袒，现象上对女师大学生的成见，对“三·一八”惨案的态度，尤其是对死难者杨德群女士的描述，被女师大学生以公开信的方式加以反驳，也自觉失去战斗的底气，讲和不可求，失败是他唯一的结局。

“五四以来，名士如云，惟他因那血的影子而心绪黯淡。”“他是孺子的牛，是权力的克星，是孤勇一人地、与长袍大褂或革履西服的智识阶级大军对阵的打鬼(抑或称打假)钟馗。”《再致先生》的这段话为我们描述的鲁迅，孤立无援，超拔高大。然而，我们要说的是，鲁迅的思想和精神是五四时代精神的杰出代表，鲁迅的内心常常是孤独的，但鲁迅并没有生于时代之外，他的周围也不是没有战友亲朋。即以“三·一八”惨案而言，鲁迅的态度，同样体现在林语堂、周作人、许寿裳以及许多进步知识分子和青年学生身上。惨案发生后，林、周、许等人也写过同鲁迅立场态度相同或相近的文章，他们一方面表达自己对青年学生惨遭杀害的悲痛心情，一方面对反动军阀的野蛮行径进行毫无保留的批判。思索的深度差异明显，但对事件的态度选择，鲁迅并非全然独树一帜。

我更想说的，是鲁迅思想的复杂性。鲁迅的伟大来自他对黑暗社会不遗余力的批判以及同反动力量的战斗；鲁迅的深邃则因为他的内心世界无比丰富，深刻复杂。他无疑是一名时代的战士，他想用“文艺之光”照亮中国人麻木的精神，但他并不要求人们都像他一样活着。他自己不怕同敌人短兵相接，但他深知“中国多暗箭，挺身而出的勇士容易丧命”，所以并不劝人去赤膊。“对于社会的战斗，我是并不挺身而出的，我不劝别人牺牲什么之类者就为此。”（以上均引自《两地书》，《鲁迅全集》第 11 卷第 16 页）张承志则认为，“谁都能成为先生的知音，若是他在关口能够牺牲一点。”鲁迅思想的复杂面却被忽略了。

鲁迅的艺术作品感染着一代又一代的中国人，鲁迅的精神感召着一代又一代的青年。无论如何，为了证明自己独懂鲁迅，全然否定这一点，难免有点矫情。站在鲁迅的角度，他并不想像一个“乌烟瘴气的鸟导师”一样，时时处处训导青年。他热爱青年，“所以有青年肯来访问我，很使我喜欢。”但是，他并不想让青年像自己一样生活，“如果这人以我为是，我便发生一种悲哀，怕他要陷入我一类的命运；倘若一见之后，觉得我非其族类，不复再来，我便知道他较我更有希望，十分放心了。”鲁迅的思维太过独特，他的思考深邃无比，我们无法彻底领悟。不过，我们仍然能够感受到的，还有他的自省精神，他常常无情面地解剖别人，更常常无保留地解剖自己。“我自己总觉得我的灵魂里有毒气和鬼气，我极憎恶他，想除去他，而不能。我虽然竭力遮蔽着，总还恐怕传染给别人，我之所以对于和我往来较多的人有时不免觉得悲哀者以此。”（《致李秉中》，《鲁迅全集》第 11 卷第 431 页）在我看来，一些只把鲁迅当成战士来标榜，并竭力想暗示自己才配与鲁迅为伍的人，恰恰缺乏鲁迅精神里大胆“解剖自己”的素质。他们总想用鲁迅来教训众生，忘记了自己和鲁迅的距离其实差之太远。他们要么是没有读懂鲁迅，要么就是缺少鲁迅的坦荡胸怀。

也许已经多余，但也还想说，即使在“三·一八”惨案这一事件中，鲁迅也并没有刻意打扮成一个“孤勇”的战士。他自己无所畏惧，但“不劝别人牺牲”，因为他太懂得中国和中国的政权。当身为女师大学生领袖的许广平，在“三·一八”清早去向鲁迅告假，要去参加请愿时，鲁迅的反应是，“请愿请愿，又是请愿，我还有些东西等着要抄呢。”许广平于是错过了请愿，在鲁迅的寓所抄起了《小说旧闻钞》一类的东西，她也因此躲过了一场劫难。(参见许广平《鲁迅回忆录》中《女师大风潮与三·一八惨案》一节)鲁迅这样对待自己最近的人的态度,是不是与一个战士的身份不符?在家中抄旧文和上街头请愿之间,是否在革命性和境界上区别太大?长期以来,我们总是不能正面回答这样的问题。其实,鲁迅的选择并非出于狭隘的私心,他对时势的判断,他对执政府的认识,以及由此产生的对战斗方式的选择,都与他既是一个战士,又是一个思想家有着深刻的联系。

在张承志笔下,中国"智识阶级"已经都被他推向了鲁迅的反面,即使是被他多少肯定了一点的"百姓们",其实他从骨子里也没有认真对待。在谈到鲁迅知音难觅时,他说:"何止三五精英,试看茫茫的众生,只要有一星半点的既得利益,谁不用惯使的中国功夫呢。"我以为,至少鲁迅对中国民众"哀其不幸,怒其不争"的态度,在这里被一种决绝的不屑姿态取代了。

但张承志并没有把通向鲁迅的道路全然封死,"不管有多少枝杈,还是应当说,又有一批人,在朝着先生跋涉着。"在他把整个中国现当代的"智识阶级"从这支队伍中剔除出去,"百姓们"只是翻着那些他们读不懂的"先生"的著作,根本上也无法接近鲁迅的时候,张承志心目中的"这批人",还能有些谁呢？恐怕就只有他自己和他的三五同好了。此外的任何人，在他眼里都是无法跟上这一步伐的。大家都是阿 Q，“不配姓赵。”不知为什么，我除了惊诧于作者的极端和决绝之外，还有点“伪”和“浅”的印象。按说这是不应该的，因为这正是张承志最猛烈批判和不屑的。大概我们和文章作者一样，在努力成为一名战士的同时，应当认真学一点鲁迅的“自我解剖”精神。

鲁迅是大家的鲁迅，而不是某几个人的“先生”！

因为有了鲁迅

苟且在文坛生存，总觉得年轻的朋友越来越多。我常常问自己，是不是有一点“老”了。看那些发表过的言论，暗想它们一定受到“新新人类”的讥笑，不沟通就可能是某种“对立”，可我只能这样说。70 年代出生的卫慧、棉棉已经可以搅动文坛，80 年代出生的韩寒正在书市上签名售书，“60 年代出生”，一个没有血色的词，一点都不能让人开心。

每逢此时就想到鲁迅，1918 年，鲁迅 38 岁，这之前他曾学医，后来又对文学发表过热情的言论，他曾翻译，又曾抄古碑，同时还做小官员，总之，38 岁以前，鲁迅还不是作家。然而，《狂人日记》让这个老成的青年一夜成名，年龄能说明什么呢？1925 年，鲁迅 45 岁，那时他在创作上已经登峰造极，小说、杂文、散文、散文诗都已发表很多，放在今天，也能评个一级或二级作家吧。1936 年，鲁迅 56 岁，他离开了文坛并且离开了人世，可他已经不朽。时下的社评家和杂文家们正在争着讨论“58 岁现象”，却不见有人举鲁迅为例，精神因素总是容易被忽视。从现在开始以后的 15 年，我正处在和鲁迅创作的黄金时代同样的年龄，尽管许多年轻作家还会成批冒出，因为有鲁迅，我就没有理由退出写作。但我预想，56 岁以后，自己一定能想通一切。

鲁迅是个没完没了的话题，几年以前就有年轻作家发出和鲁迅断裂的声音，面向中学生的调查表明，鲁迅并不受欢迎。可是，中国现代文学史正因为有了鲁迅而充满了生机，因为鲁迅，现代中国变得深刻。鲁迅研究的专家，中国的男女作家，当代中国每一个对现实社会、民族性格和自身灵魂有追问和诉求欲望的人，因为鲁迅而显得充实并且拥有深度。我们已经分享了鲁迅的营养，不管是板正的学问还是肤浅的赞美，不管是辱骂还是恐吓，鲁迅本身已是无尽的资源。

其实，过分地愤怒于“断裂”者的声音和惊慌于中学生的反调并无必要。“断裂”者要断裂的未必是鲁迅，而是被神话了的“鲁迅形象”，他们要断裂的，是把《祝福》演绎为批判封建礼教的主题，把鲁迅杂文视做纯粹的就事论事的“匕首投枪”，把鲁迅思想分成以1928年为界的前后两期的“跃变”，甚至，他们要“断裂”的，是那个在课桌上自律地刻上“早”字的少年鲁迅。而那个和药店的柜台一样高，体验着人间冷暖的早熟的鲁迅，那个看着闰土和自己隔膜便心生悲悯的敏感的鲁迅，那个善于解剖别人更善于解剖自己的坦诚的鲁迅，那个把许广平和她的同学请到家里热闹，夸赞萧红的服装颜色的温和的鲁迅，那个见到疯人杨树达“袭来”并产生不快联想的偏执的鲁迅，即使年轻如朱文、韩东者，真的拒绝并且断裂吗？中学生们讨厌的也不是鲁迅,他们讨厌的是教材里不明就里的“鲁迅杂文”,讨厌的是老师要求他们全篇背诵并找出“段落大意”的要求。21世纪的中国,鲁迅肯定还会成为文化的、文学的甚至社会化的热点话题。不管是王朔、朱文、朱大可这样的“另类”作家和“酷评家”,还是韩寒式的多少有点扮酷色彩的“中学生”,正在用他们特有的方式表达一种愿望,要求一个更加真实的鲁迅走近我们的心灵。该反思的也许是鲁迅研究专家。什么东西坚持久了就会被当成本来面目,就像王家卫的墨镜已经是他身体的一部分,鲁迅的形象需要突破历代专家营造的“鲁迅形象”的“铁屋”。鲁迅夸赞过一个要用砖头砸开窗户的疯子,“鲁迅形象”也早该冲破那个封闭的空间。

我早有一种愿望,对“文革”中的“鲁迅现象”做一回梳理和清算,尽管自己的才力远远不够,但我觉得,即使新时期已经过了二十年,“文革”时代对“鲁迅形象”的疯狂定位,对“鲁迅言论”睁着眼睛说瞎话的释义,直到现在都没有完全消除影响。21世纪的来临虽然只是一个物理概念,但它同样提醒人们,在面对未来的同时,要对历史进行全新阐释。鲁迅,一定会是这个新世纪里的文化话题。绕开鲁迅和固守“鲁迅形象”一样是不可取的。

鲁迅小说里的疯癫性格

写下这个题目，是因为近期刚刚读过福柯的著作《疯癫与文明》，把疯癫作为文明进程中的社会产物来看待，使疯癫这一常人所认为的纯病理问题，上升到了一个社会化的层面，揭示出许多与人类文明发展进程相关的话题。不知为什么，读福柯的这本著作，突然想到了鲁迅小说。福柯在书中总是提到文学作品中的疯癫人物，并分析他们在作品中所起到的揭示主题的非凡作用。也许正是这一点让我联想到了鲁迅小说。在中国现代小说里，也许只有鲁迅小说里的疯癫性格表现得最为突出和鲜明。鲁迅小说的现代性也由此可见一斑。我并不想到鲁迅小说里为福柯的学说寻找论据，也不想借福柯之名印证鲁迅与他英雄所见略同。但既然一位思想家的笔触让我想到了另一位思想家的作品，我就决定到其中去爬梳一回，看究竟能找出一个怎样的洞天。

鲁迅对疯癫性格的描述不单是在小说里，在他的杂文和散文中，也经常借用疯癫性格来强化主题。《野草》里有一篇《聪明人和傻子和奴才》，鲁迅很有趣地把这三种类型人物进行了比较。奴才是那种只会“寻人诉苦”的废物，聪明人从来只向他报以虚假的同情，只有傻子，才愿意毫无顾忌地为奴才鸣不平，并且要为他打开一扇窗户。结果是，奴才把傻子告到了主人那里，主子又派了一群奴才把傻子赶走。奴才为自己受到主子的夸奖骄傲得不得了，连聪明人也“代为高兴”。鲁迅这里对人物身份的确认非常直接，人物之间的对比反差极大，他就是要用夸张的手法，直白地向人们展示这三种人的处世方式和最后结局。“傻子”是鲁迅认为的真正清醒者，其意象范围有点像他笔下的“狂人”。

鲁迅对于疯癫好像有一种特殊的敏感。他曾在家里突遇神经错乱者“杨树达”袭来，对方错乱的语言，古怪的举止，无理的要求，使鲁迅产生了他是“装出来的”，是“学界和文界”的一些人对付“敌手”的武器的印象。当他得知对方确为“神经患者”时，他又立刻加以更正。

鲁迅小说里没有哪个人是真的疯子，《狂人日记》里的狂人越是癫狂却越显清醒。由于《狂人日记》在中国现代文学史上具有中国现代小说“开山之作”的特殊地位，人们通常只把这篇小说作为现代小说的宣言书来看待，对“狂人”也更多地以“清醒的战士”一笔带过。如果我们从疯癫性格的角度来分析一下，也许还会看出一些特别的内容。首先，鲁迅在开篇前的题记里说明，狂人病愈之后，早已“赴某地候补”，这个注释是意味深长的，从“狂人”而变为“候补”官员，二者的反差可以说就是“傻子”和“聪明人”的区别。其次，《狂人日记》里的狂人无疑是一个清醒者，不过说他是“清醒的战士”

却还需要斟酌。其实,狂人的动作还没有达到砸开墙壁引入光明的程度。他的清醒在于他看出了一个“吃人的世界”正在自己面前展现,他的批判力度由此深刻。所有的人都在吃人,同时又要被别人吃,这又是狂人所理解的“吃人”理论的现代色彩。整部小说营造的,是一种恐怖的气氛,到处都有“吃人”者的目光,随时能够听到他们密谋的声音。“狂人”其实并不狂,他更多的是显出孤独和紧张,正因为清醒,所以才孤独,又因孤独而显出紧张。我们过多强调了狂人对四千年吃人历史的批判,其实我们还应看到,鲁迅本意更想揭示的,是“吃人”历史的延续和扩散。狂人并没有喊出冲破“铁屋子”的强音,而是“救救孩子”的呐喊。“疯子有什么好看”的强调,狂人陷入对吃人的极度恐惧,都向人们暗示着狂人疯癫性格的真实存在。从小说的意义上讲,狂人的疯癫性格的作用,并不在于丰富人物性格,而恰恰在于借将人物性格框定在一个点上反复强调,达到一种纵深的效果。

鲁迅小说的笔法是现代小说的冷峻和中国传统文学的白描手法的结合,他的小说没有大起大落、错综复杂的故事情节,但常常有十分鲜明的人物性格。这种性格的突出经常是靠人物语言来达到的。鲁迅常抓住属于某一人物的一两句语言加以强化,而这些语言从某种角度讲,又因其极端、荒谬和词不达意的特点，显示出某种疯癫色彩。我们不妨沿着《呐喊》《彷徨》的目录看下去，找寻出相关的例证。

《孔乙己》是个落泊的秀才，他有几句经典语言，一是关于“窃书”是“读书人的事儿”，“不能算偷”的狡辩；一是“多乎哉，不多也”的穷酸。这是两句极具疯癫性质的语言，其小说形态的具体体现就是，听众常常把这些语言来做笑料看待。孔乙己并不是个好顾客，因为他没钱，但人们都希望在酒店里见到他，因为他常常能说出疯癫性的语言。

《风波》里有个九斤老太，她对辫子之类的事情毫无察觉，从某种意义上讲，她的头脑早已单纯到了疯癫的程度，不管面对什么样的场景，她只会重复一句话：“这真是一代不如一代。”这句话没有明确所指，也没有专门用意，这正是疯癫语言的基本特征。在九斤老太的绝对超然面前，鲁镇上的男女老幼因为辫子的有无而造出的风波，反倒显出某种滑稽而又疯癫的色彩。

《阿Q正传》在鲁迅小说里具有同《狂人日记》相同的地位，也是鲁迅最着意塑造人物的一篇小说。阿Q的疯癫性格一样以语言的疯癫为主，动作和行为的夸张也起到相当作用。阿Q的经典性的“疯狂”语言，如“儿子打老子”，“老子从前比你阔”，“和尚动得我动不得”，“我和你困觉”等等，这些极具颠覆色彩的语言，把阿Q推向了一种悲喜结合的性格巅峰。阿Q当然还有许多怪异举止，同样具有疯癫性，不管他在街上打架还是去参加革命，不管他去求爱还是临死画圆。阿Q的疯癫是鲁迅笔下始终从容操纵的性格特点。正是阿Q这些疯癫性的语言和行为，将小说中涉及的那些重大主题进行某种特殊的处理，使它们一一产生变形。

《白光》里的陈士成名落孙山后失望而归，他的精神显然已经崩溃，只能反复说出一句疯话："这回又完了！"带着这样的绝望，他开始梦游般出行，最后变为漂浮在万流湖上的一具死尸。

《祝福》里的祥林嫂绝不能算是个疯子，但她在命运的强力打击下，逐渐趋于痴呆。祥林嫂那句逢人便说的话，一开始赚取了许多村人的眼泪和同情，到后来就让人家厌烦。那就是以"我真傻，真的"为开头的关于阿毛之死的故事讲述。其实当她不知道自己的反复已经让人厌烦的时候，她的性格中已流露出疯癫色彩。

《彷徨》里的大部分小说，都是以知识分子的灰色生活为主题的，这些小说在表现人物的疯癫性上，明显不同于《呐喊》里的许多作品。尽管《幸福的家庭》《肥皂》《高老夫子》这些小说里夸张手法运用很多，对人物性格的刻画也多漫画化的笔法，但鲁迅并不把他们写到疯癫处。鲁迅自己认为《彷徨》的技巧比从前更圆熟了，疯癫色彩的退却，也是一个标志吧。

客观地说，鲁迅并不一定多么自觉地想到要运用疯癫性格来突出人物，强化主题，他自己在解释对“杨树达”的误解时也讲过，他对神经病者的症状并未做过专门的研究。我也不想在此特别强调从疯癫角度探讨鲁迅小说有多么独特的价值。但有一个事实是很显然的，鲁迅在选择人物和人物语言时，在将人物故事和自己的思想主题相融合的过程中，对人物语言与举止的变形，性格中的疯癫色彩对小说所起到的特殊作用，是有深刻理解的。从这个角度挖掘和剖析鲁迅小说，对研究鲁迅小说，理解鲁迅小说，把握鲁迅的创作意图，都是有帮助的。

鲁迅：吃了也不嘴软

这一两年，著名学者余秋雨到深圳演讲，讲稿被整理发表后却引来不少争议。其中对深圳文化在当下及未来地位的评价使深圳本地的学者也站出来辩诘。有人直截了当地指出，争议的起因其实就是一个，学者受当地有关部门邀请，对当地文化建设说了一系列的好话，让人产生“过头”之嫌。实情如何，我不知道，但由此倒使人想起了鲁迅。

鲁迅一生共演讲过六十多次，北京、西安、厦门、上海、广州等地的大学和文学团体，都曾邀请鲁迅前往演讲。作为被时人称为“文豪”的鲁迅，被邀演讲听者众多，有关方面也是隆重盛邀。而鲁迅却从未因场面需要改变自己的谈话风格，反而常给人“不近情理”的感觉，让人心生感慨。

1924 年 7 月，鲁迅到西北大学演讲，讲题为《中国小说的历史的变迁》。其间陕西省省长、军阀刘镇华邀请鲁迅为驻西安的陆军下级军官演讲，刘的目的是让鲁迅在讲演中对他的“政绩”推崇一番，以抬高自己的威信。鲁迅在受邀同时指出：“我向士兵讲是可以的，但是我要讲的题目仍然是小说史，因为我只会讲小说史。”结果，鲁迅为士兵上了一回小说课，刘军阀的目的彻底落空。

1927 年 1 月 23 日，鲁迅应广州世界语会邀请前往演讲。一位姓黄的组织者为了能让鲁迅应允演讲，对鲁迅恭维了一番，说鲁迅在北京时曾极力提倡世界语，“鲁迅连忙否认，说那是周作人，不是他。”第二天开会，“黄登台致词，又恭颂鲁迅以前提倡世界语之功，即请鲁迅演说，而鲁迅一登台就又声明那是周作人，不是他。”（马蹄疾《鲁迅讲演考》第121页）鲁迅的认真足以让热心的组织者“难为情”。

而最能见出鲁迅风范的，是1926年11月在厦门集美大学的一次演讲。据史料记载，当时的集美大学校长叶渊请鲁迅和林语堂一同前往，办学方针趋于保守的叶，自知鲁迅是一位“思想前进的文人”，为了不使鲁迅的演讲与自己的观点相左，特地先请鲁迅“一些好点心吃，然后才带他进礼堂”。但鲁迅登台就讲道：“我在厦门的时候，听说叶校长办学很拘束，学生极不自由，殊不敢加以赞同。……刚才叶校长又请我吃面。吃了人家的东西，好像要说人家的好话，但我并不是那样的人，对于叶校长办学的方法之错误，以及青年身心的发展，和参加社会的活动必要等等，我仍旧是非说不可的。”

鲁迅吃了人家的却嘴不软，足令叶校长露出“失望不安的情态”（马蹄疾《鲁迅讲演考》第100页）。鲁迅自己也曾对这次演讲发表过看法。“校长实在沉鸷得很，殷勤劝我吃饭。我却一面吃，一面愁。心里想，先给我演说就好了，听得讨厌，就可以不请我吃饭；现在饭已下肚，倘使说话有背谬之处，适足以加重罪孽,如何是好呢?午后讲演,我说的是照例的聪明人不能做事,因为他想来想去,终于什么也做不成等类的话。""硬要我去,自然也可以的,但须任凭我说一点我所要说的话,否则,我宁可一声不响,算是死尸。"(《华盖集续编,海上通信》)

鲁迅无论在西安、厦门、广州,演讲大多是被别人一再邀请之后前往。场面之热烈,待遇之优厚显而易见,但鲁迅身处恭维、殷勤的包围圈,头脑却保持一以贯之的清醒,言论绝不受时势的左右,只说自己"要说的话",不管别人如何心机枉费。也正因此,才使他的演讲同他的文章一样,保持了一位思想家和革命家的品格。鲁迅精神境界的独特风范,由此可见一斑。

当下中国是一个对话、研讨、演说盛行的时代,有名望的文化人正四处出动,纷纷发表各自对时势、对文化的高见,因此引出的一些歧见和反感时有所见。鲁迅先生的演讲原则,尤其是"吃了别人的嘴不软"的态度,是一个活生生的例证。学鲁迅,不但要学他的杂文风格、小说技法,更要学他的为人处世。即使是当下最具批判姿态的学者,把他们参加演说、研讨活动的言论收集起来,可能会呈现出另外一种面孔。看来,我们与鲁迅的距离,还差得很远呐!

(本文是著者选编《鲁迅演讲集》序言)

“文革”中的鲁迅

鲁迅的作品总是被不断评说，鲁迅研究到现在差不多有80年历史了，鲁迅作品的注释仍然有待于重新做起。当我面对“鲁迅与‘文革’”这样一个研究题目时，对鲁迅作品在“文革”时期被大量翻印，对鲁迅作品的注释纷乱无边的现象惊讶不已。“文革”十年当中，全中国的“鲁迅学习小组”、“鲁迅研究小组”，可谓数不胜数。从工厂到大学，从城市到农村，不但这样的“学习小组”四处可见，而且无论水平高低，大都有自己亲自加注的“鲁迅作品”学习读本。可以说，在“文革”期间，中国现代作家中，鲁迅是唯一可以畅行无阻的名字，鲁迅作品被收入大中小学教材，鲁迅言论被以这样那样的理由引用到政治社论当中。这自然与广大中国读者对鲁迅不可动摇的热爱有关，与毛泽东对鲁迅曾经做出的高度评价有关，但这种情形却谈不上是鲁迅研究的荣幸。断章取义、任意曲解、夸张利用鲁迅作品及言论的现象达到了登峰造极的地步。“文革”时期鲁迅作品包括《野草》在内，人们都可以公开阅读，但鲁迅精神却很少对“文革”的狂热运动起到什么真正的反省作用。这个历史之谜有待人们进行认真检讨。

在鲁迅研究这个“显学”已经到了难有新领域可挖的今天，研究“文革”中的鲁迅形象与鲁迅作品的命运，应当引起鲁迅研究者的认真对待。无论从政治层面、文化角度及鲁迅思想与作品出发，“鲁迅与‘文革’”这个题目都大有文章可做。大多数中国现代作家在“文革”时期已经销声匿迹，不是受到批判，就是作品无法面对读者。而鲁迅的命运却十分特殊。这个历史之谜看上去答案十分简单，真正要揭示出来却并非易事。

事实上，鲁迅研究一直就受到时势的严重影响。“文革”时期对鲁迅的认识与评价，只能从一个角度出发，那就是政治。即使在1976年10月“文革”刚刚结束、三中全会之前一段时间，鲁迅研究也未能完全脱开极左政治的束缚。这里不妨试举一例。刚刚粉碎“四人帮”后的1976年10月，鲁迅晚年的一篇题为《三月的租界》的杂文备受瞩目。这篇杂文在此前的鲁迅研究中并不十分醒目，此时却作为一篇鲁迅的战斗檄文不断被人评说。其原因只有一个，就是因为这篇杂文是针对当时在上海化名“狄克”的张春桥而发。1935年，鲁迅为东北作家萧军(田军)的小说《八月的乡村》作序，文中对这部小说给予很高评价，认为它“严肃，紧张”，“显示着中国的一份和全部，现在和未来，死路与活路。”而张春桥却化名“狄克”，于次年初在上海《大晚报》副刊《火炬》上发表了题为《我们要执行自我批判》一文，攻击《八月的乡村》“技术上，内容上都有许多问题在”。在当时的形势下，“狄克”的言论具有超出文学批评的意味。鲁迅在《三月的租界》中对“狄克”的言论进行了驳斥，认为这是“实行着抹杀《八月的乡村》的‘自我批判’”，其实就是向敌人“献媚或替‘他们’缴械”。这篇文章一方面维护了《八月的乡村》这部小说，同时也揭示了张春桥的真实面目。

如果结合“文革”背景来看，我们会发现，“文革”前的鲁迅研究界，这篇杂文并不十分引人注意，也少有论者认为它是一篇战斗性极强的檄文，“文革”期间就更不可能了。如果翻阅一下“文革”时期出版的正式或非正式的鲁迅杂文选本，这篇杂文往往不在其中。对“狄克”是谁，也同样讳莫如深。1956 年版的《鲁迅全集》中，《三月的租界》有四条注释，人名注释中有“田军”、“吉须”（捷克作家）条，却对要害人物“狄克”未加注释。到 1981 年的 16 卷本“全集”，已将“狄克”与张春桥的关系进行了注释。文学史著作也是如此，1956 年，刘绶松著《中国现代文学史初稿》在论及《八月的乡村》时，并未提及“狄克”这一“插曲”。到 1981 年唐弢主编的《中国现代文学史》中，特别将这一事件作为评述《八月的乡村》的内容之一。那么，长期以来，“狄克”是谁，为什么不能指出，其中又有什么情形，这样的问题并非不值得去问。

可以肯定的是，“狄克”就是张春桥这个简单答案，并不是粉碎“四人帮”以后才被人们考证出来的，因为在“四人帮”刚刚垮台不到一个月的时间，《人民日报》就发表了署名任平的《一个地地道道的老投降派》的批判文章(1976 年 10 月 22 日)，以学习鲁迅《三月的租界》为出发点，意在“识别和揭露那些混入革命队伍的假革命和投降派”。《人民日报》还在几天后的 10 月 31 日发表了“鲁迅研究室大批判组”题为《鲁迅痛打落水狗张春桥》的文章，更加详细地叙说了鲁迅痛打“落水狗”张春桥的前前后后，并依此对张春桥的历史污迹进行毫无保留的批判。而同年 11 月 19 日的《人民日报》，又发表了署名聚石的文章：《狄克——大纛荫下的魔鬼——读鲁迅的〈三月的租界〉》。几乎同时，《解放军报》《解放日报》等影响较大的报纸都有同类题目的文章发表，1976 年 10 月，中华书局还即时出版了专书《鲁迅批判“狄克”》，北京人民出版社于次年 5 月出版了《鲁迅论假革命和反革命》，广西人民出版社出版了《鲁迅批判假革命和投降派文选》。《三月的租界》及其相关问题一时成为全社会必须关心和学习的对象。

那么，在当时的鲁迅看来，张春桥作为文人是一个什么的角色呢？鲁迅在 1936 年 5 月 4 日《致王冶秋》信中曾明确指出，像“狄克”这样的文人，“他们是空壳，大约不久就要销声匿迹的”，鲁迅并未真正把他放在眼里。而 1976 年的“狄克”由于上述文章的集中出现，一下子成为与鲁迅相关的最大话题。从长期的讳莫如深到一时间的强烈批判，这之间的差异早已不是学术批判的问题。1973 年，上海人民出版社出版的《鲁迅书信选》中，上举的鲁迅《致王冶秋》信被收入，其中的一条注释颇有意味，鲁迅信中提到的所谓“英雄们”，从信的后半部分看，专用以讽刺“狄克”等人，而编者们的注释却只是“指周扬一伙”的含混说法。“狄克”之谜是在张春桥垮台后一夜间被确指出来的，这可不是一个学术失误问题。

由此一例不难看出，鲁迅研究中的许多问题，都与当时社会、政治环境密切相关。“文革”期间及之前、之后一段时间，对鲁迅的认识处于极不正常的状态当中。小小“狄克”从无人知晓到大报集中火力批判，也从一个侧面反映出这种情形。在人们把《三月的租界》当作突然发现的檄文学习时，似乎只注意到了“狄克”，而忘记了问一下，《八月的乡村》及其作者萧军在“文革”中的命运如何。

“‘文革’中的鲁迅”是一个值得我们从多角度、多层面进行系统研究、认真对待的题目。鲁迅形象的变异，鲁迅思想研究的绝对化理解，鲁迅言论的断章取义及被各色人等拿来政治利用，鲁迅小说主题的政治化理解，当然也包括鲁迅佚文的发现，鲁迅书信选本的容量变化，造成这些后果的政治、文化、艺术、语言原因，等等。对诸如此类问题的研究，会使我们对鲁迅研究的历史进行全面的反思和彻底的清理，不但有助于总结历史，而且有助于鲁迅研究的未来发展。

（原载《博览群书》）

“文革”中的“鲁迅语录”

“文革”期间，鲁迅语录是另一种“红宝书”，全国各地的大学和工厂里的“鲁迅学习小组”，差不多都曾经编过鲁迅语录，我在旧书市场里已经买到十多种不同的选本。对于为什么鲁迅言论在二三十年代，曾被激进的“革命文学”家们认定是保守、过时，而在“文革”这样左到极端的时期，却能编出一册册的“语录”来，这是一个非常复杂的“活学活用”的问题。我正在寻找“文革”“鲁迅语录”中歪曲原意、片面理解、任意利用的证据。

几乎所有“文革”期间编辑成的“鲁迅语录”，都有大致相同的“专题”，共同的特点，是突出“语录”中的政治性。大部分“语录”同时也会在语录的后半部分列上“文学、艺术”、“教育”等专题，且不论编选原则如何。

就“鲁迅语录”中关于知识分子的言论来看，主要是选择鲁迅与同时代文人进行论争时的言论，将特殊大而化之为一般，把对具体个人的看法当做对知识分子的一般评价。一册1967年由北京石油学院“红代会”编选的语录中，把1923年鲁迅致孙伏园的一封信中的片言只语收录进来。鲁迅本来是针对一个叫钟孟公的人，对当时《晨报》开展的“爱情定则”的讨论不满，呼吁停止的言论而发。鲁迅认为钟的言论太旧，劝孙伏园不妨将“爱情定则”一类的讨论继续下去。我们可以肯定,“爱情定则”的讨论移到“文革”初期进行,是绝不可能的事情,但编选者完全不管具体的事件,而只取其中一点,用于对当代知识分子的批判。这几句话是:“他以为丑,他就想遮盖住,殊不知外面遮上了,里面依然还是腐烂,倒不如不论好歹,一齐揭开来,大家看看好。”这几句话于是成了知识分子自我批判的鼓动性言论。“语录”特别注意搜求能够用于开展知识分子自我批判的言论,甚至将鲁迅关于“自我解剖”方面的言论也断章取义地集中在一起,用来教育当下的知识分子。

研究这些语录的共同特点,对研究鲁迅、研究“文革”都不乏启示。

从“骂”处着眼

鲁迅研究走过了半个多世纪的历史,其中的风风雨雨一言难尽。80 年代初,伴随着纪念鲁迅诞辰一百周年的到来,鲁迅研究曾出现过一度辉煌。硕果累累不必说,单是鲁迅研究方面的期刊和丛书就成为一道醒目的景观。90 年代以后的鲁迅研究,热度有所下降,说鲁迅研究处于相对沉寂的时期似不过分。这两年,关于鲁迅的书又多了起来,尤其是在出版界掀起现代作家作品"编选热"的情形下,鲁迅又被推到了前台。但《鲁迅全集》久销不衰,名篇佳作人们耳熟能详,要编选出个独特味道来,可谓不易。敏锐的人们还是找到了突破口,掀起了中国文化界的又一次鲁迅热。这个突破口不是别的,是鲁迅的"骂人"与被"骂"。

从"骂"处着眼,是研究鲁迅的人可以大谈一回的话题,书市上以此为题的书有多种,书名可称大胆,比如"一个都不宽恕"、"亵渎"、"鲁迅与他'骂'过的人"等等。鲁迅的"骂人"与被"骂",确为鲁迅研究里不可绕开的题目。但自几十年以前,人们已经不用"骂"这个刺人眼目、缺少原则的字眼儿来概括。"污蔑"与"批判",是对鲁迅在文化战线上的斗争所做的最高的也是唯一的总结。用"骂"代替"批判",用"被骂"代替"污蔑",概念的代换意味着态度的转换、深度的消解。千秋功过任人评说,前两年文化界对曾被鲁迅"骂"过,因而在政治上似乎“永世不得翻身”的人物开始了逐一“翻案”，鲁迅与这些人的恩怨也势必会被研究者时有提及，鲁迅形象受到了或显或隐的挑战。从鲁迅这个最大的“主体”出发，收集、整理鲁迅与他的论敌的论文选，评说鲁迅在“骂”与被“骂”过程中的长短得失，就成为鲁迅研究者不能不面对的题目。这些书虽然只是专题结集，却一反鲁迅研究著作销路不畅的局面，印数在学术著作中相当可观。“骂”字的选择可谓意味深长，与“批判”相比，“骂”是一个在原则上处于中性状态的词；与“污蔑”相比，“被骂”是一个可以正常讨论的问题。“骂”，混合了得理与失据两种可能，“批判”则是没有让步条件的抨击；“被骂”掺杂了得理不饶人和无理取闹两种因素，“污蔑”则是不折不扣的卑劣行径。从目前所见的以“骂”为题的书中，编著者的态度仍然站在维护鲁迅形象的立场上面，还不是为被鲁迅“骂”过的人翻案，但态度已发生逆转。上百个“骂”过鲁迅和被鲁迅“骂”过的人物已不再是反面角色，成为论战的另一方。鲁迅研究因“骂”字而带来的局面上的微妙变化着实有趣。“骂”暗示了鲁迅不再被神化；被“骂”包含了真理问题可以讨论的态度。“骂”这个伦理话题的出现，会给鲁迅研究带来什么影响，现在还无法给出定论，但它却无疑成为当下文化界，尤其是鲁迅研究领域的一道突出景观，让人无法漠视。文学界目前正处于“骂”派批评悄然兴起的时期，纷争不断，官司多多，鲁迅的“骂”与被“骂”，在这样的时候被集中挖掘和讨论，实在耐人寻味。

（原载《鲁迅研究月刊》1998年第8期）

缺乏学术依据的“鲁迅批判”

中国批评界一直在寻找一位“智勇双全”的精神领袖，一位集批评智慧、发现眼光和优雅语言于一身的批评家。朱大可差点成为这样的人物，今年某时，在北京，一群组合特别的批评家和作家，为朱大可开了一次“专家论证会”，把朱大可的批评风格推崇到了一个相当高的位置。而朱大可本人，从会议的报道材料看，似乎也笑纳了所有这些赞誉。然而，一个锐气十足，敢于横扫一切的批评家，笑容可掬地满足于“一个个伸出拇指把你夸”的喜气之中，这想象中的情景让人顿生失望之情。

借友人的指点，有幸从网上读到了朱大可专论鲁迅的奇文。这是一篇刻意显示智慧色彩，把语言的装饰感和句法的独特性放到突出位置的文章。我承认，我还是有些喜欢朱大可的文章，但又不能接受他文章中的许多观点。这两者之间的分离甚至是朱大可本人都有可能意识到的。这很值得研究。又见到有方舟子者以“淫者见淫”回应了朱大可的智慧。“世纪末的鲁迅批判”，将会使鲁迅复活，然而却会让我们看到一个面目不清，惊魂未定的鲁迅。

去年上半年，我曾为某出版社的系列丛书写了一本有关鲁迅与陈西滢论战的小书。整个写作过程的思维以及成书后的自我阅评，都让我产生一种并不美妙的感觉。十多年来，对鲁迅的认识早已局限在文学史和老一辈鲁学专家划定的范围里，无论是关于鲁迅的什么作品，哪一阶段的思想，也不论是鲁迅和哪个论敌的论争，一个基本的结论其实早已在那里等着自己，你就带着“材料”往里钻就可以了。这种不由自主的过程是一种心理惯性，也是一种精神惰性。除了个别的细节和事件，总体思路其实还是囿于一种事先已经根深蒂固的理论框架中，并不能让自己满意，也很难从根本上突破。近两年来，关于鲁迅的各种声音甚嚣尘上，鲁迅研究多少年积累的成果，在这时暴露出它脆弱、僵硬、缺少诗性的一面，面对“断裂”者们声称鲁迅是块“老石头”的极端，王朔也要重评鲁迅的“无畏”，鲁迅专家们的反击似乎缺少力度。掉书袋，无味地重复论点，简单地不屑，使鲁迅的形象再次变得模糊不清。

朱大可不是王朔，王朔只能以一个高级读者的身份，讲述一下自己对鲁迅小说和杂文的读后感。观点极端一方面是因为文风上的“特权”使然，另一方面也是“无知”的结果。朱大可则可以对旧材料进行新的处理，以学理面目出现。他能从刘和珍那里读出鲁迅的最爱，并推断出许广平是刘的替代的“发现”，他也能从萧红那里看出鲁迅的温情，把论文的情色主题再一次推向高潮。他从鲁迅的杂文里见出“复仇”

主题,并只通过一篇不足千字的"遗言"(即杂文《死》,朱命名为"鲁七条"),把鲁迅描述成一个令人生畏的"仇恨政治学"的创始者。朱大可漂亮的文风遮蔽了他一意孤行的立论,为了显示自己的发现才能,他的文章四处弥散着一股诱人的怪味。在他的笔下,《两地书》成了不温不火的应景"作业";《记念刘和珍君》的惊世奇文,原来也可做弗洛伊德式的"分析"材料;近万人的送葬队伍是各怀心思的可怕人群:即使在有关内山书店是否是"情报机关"这一点上,朱大可虽然是在论述上海是制造谣言的场所的基础上提及,自己却模棱两可地留有余地,并不表明这是纯属造谣的说法。

与鲁迅相比,上海也许更为朱大可熟悉。他在引证材料上的偏颇和错谬令人怀疑他作为批评家的基本资格。他对上海的"肉感"描述倒显得动情而到位。当然,这种印象并不排除由于我们对上海的不熟悉而产生的好奇,朱大可的语言极具诱惑。反之也可以说,对并不熟悉鲁迅的人们来说,朱大可的奇文很可能会让他们产生见到了"真正"鲁迅的幻觉。朱大可是个涂色的高手,阴暗的鲁迅被"坚如磐石"的仇恨掏空。"肉感"的上海突现出因情色不能"满足"而失却"爱语"的鲁迅。批评的锋芒变成了对"意淫"主题的发现,对文化争端的评价变成了有关"复仇"主题的阐释。

由于朱大可总是以奇思异想为人偏爱，又因语言华丽，文风艳美，文气高贵而为人赏识，当他自己对此开始“自觉”以后，就会暴露出浓妆艳抹的极端和稍显做作的浮华。更要命的是，为了这些外表的涂饰，他放弃了一个学者最基本的操守，随意操纵学术资料，无视历史事实的基本尊严，方舟子想告诉朱大可鲁许之爱的真相的做法其实纯属多余，朱大可不会对此没有认识，因为他首先就没有提供新的“证据”。他为了自己的立论，需要这样串接材料碎片。

剥去华丽的外衣，朱大可关于鲁迅的论点其实就是两条，鲁迅思想的主调是“仇恨”，而且“主义”；鲁迅爱刘和珍而不得又倾心于萧红，许广平只是替代。前者乏善可陈，后者过于惊世而艳俗，但朱文不失为一篇充满诱惑的艳美之文，剑走偏锋中仍然可以闪现机智的灵光。我不想“恶意”地理解朱大可的鲁迅观，而更愿意理解为他是由于对自己智慧和文笔的过分自恋，才产生出这样的“奇文”。有人也许怀疑身在澳洲的朱大可手边并没有一套完整的《鲁迅全集》，其实，即使有，他也不会去认真爬梳。

中国的批评家普遍缺少理论的涵养，缺少智慧更是他们致命的弱点。罗兰·巴特于是在当代中国最有市场。朱大可的含带锋芒与华丽色彩的海派批评，也许还要加上王朔式的口无遮拦的无畏骂人，在一片萎靡不振、趋时献媚和乏味无聊的批评风气中，给人有横空出世的感觉。前者因其深奥和欧式句法不可模仿，后者因其绝对轻佻而令人不敢追随。但中国批评的正途却不可能通过这两个异数获得，而且他们自己已经在一路追捧中失去自持，用不了三天，就会流俗到常规水平。朱大可的“妖魔化鲁迅”是“智”“淫”双全的拼贴，王朔的鲁迅论是“无知”“无畏”的组合。可那些还在高头讲章里论述鲁迅前后期思想变化的学者，那些向学生传授《祝福》里“抨击封建礼教”、“同情妇女命运”主题的教授，又能高明到哪里去呢？世纪末的鲁迅批判，与其说是对一个世纪鲁迅批判的回应、总结和反驳，不如说是新世纪的鲁迅批判的前奏。

今天，我们为什么读鲁迅

继承和弘扬优秀传统文化，应始终强调“优秀”，注重传统与当代相适应、相协调，发挥传统文化的当代价值。正是在这个意义上，鲁迅作品中所蕴含的对于传统文化的态度，他所坚持的现代文化立场，对我们今天就具有不可替代的重要启示和价值。

鲁迅作为经典作家的当代价值

今天谈鲁迅的意义和价值，应当突出当代性，突出鲁迅思想和精神对当代中国文化建设的重要启示。鲁迅是中国现代文学的高峰，是现代思想的重要开创者，同时，鲁迅及其同时代人，又是在批判中承接传统文化的一代先贤。鲁迅思想中的丰富复杂，既体现在他对现代思想的创造与呼吁上，也包含在他对传统文化的态度中。以鲁迅为代表的五四一代人，他们的出身、经历决定了他们不可能完全抛弃传统文化，但出于对中国未来的思考，出于对时代的责任，他们又对传统文化持批判的甚至是苛刻批判的态度。今天，我们正处在一个全面开放的时代，经济全球化以及信息、通信的巨变带来的文化交融交流已成趋势，中国在世界格局中的经济地位同样带来中国文化世界影响力的极大提升，中国文化在与世界文化交融交流中不可避免地也会产生交锋,保持中国文化的独特性,展示中国文化的悠久历史和独特魅力,是当代中国文化建设的重要使命。当代中国文化建设的重大课题,与鲁迅所处的时代已经不可同日而语,这是一段从积贫积弱到站起来到富起来再到强起来的百年历史,是一段艰苦卓绝和曲折辉煌的不平凡岁月。中华文化包含着优秀传统文化、近现代革命文化和社会主义先进文化的丰富内容,鲁迅那一代人正是中国现代文化的积极创造者,鲁迅思想是我们今天文化建设必须传承的重要组成部分。

我们知道,在世界范围内推广和弘扬中华优秀传统文化,这是当代中国人的使命,但我们对传统文化的态度本身应当具有历史的、辩证的态度,应当具有当代眼光和新的时代站位。传统文化包罗万象,我们一定记住“优秀传统文化”与“传统文化”概念之间的区别。习近平总书记在中国文联十大、中国作协九大开幕式上的讲话中指出:“要加强对中华优秀传统文化的挖掘和阐发,使中华民族最基本的文化基因同当代中国文化相适应、同现代社会相协调,把跨越时空、超越国界、富有永恒魅力、具有当代价值的文化精神弘扬起来,激活其内在的强大生命力,让中华文化同各国人民创造的多彩文化一道,为人类提供正确精神指引。”始终强调“优秀”,

强调传统与当代相适应、相协调，强调“具有当代价值”，这是我们继承和弘扬中华优秀传统文化应当牢记和坚持的立场态度。正是在这个意义上，鲁迅作品中所蕴含的对于传统文化的态度，他所坚持的现代文化立场，对我们今天就具有不可替代的重要启示和价值。当前，在一些关于传统文化的宣传中，时而会看到一些泥沙俱下、不分良莠的做法。比如，孝文化是中华传统文化中非常宝贵的组成部分，是值得当代中国人继承和发扬的优秀文化和良好道德品质，但讲孝道讲到宣扬“二十四孝”，则显露出对传统文化辨别不清的模糊认识。鲁迅本人是一个有名的孝子，但他从文化上曾经对“二十四孝”给予毫不留情的批判。阅读鲁迅，对当代文化建设所引发的启示性思考是非常重要的，这也是鲁迅作为经典作家的当代意义。

让社会公众认识鲁迅对全民族的意义

正是在这个意义上，我认为阅读以鲁迅为代表的现代经典作家的作品，是当代文化建设中的题中应有之义，就此考量，阅读鲁迅应当成为一个社会化的文化倡导，而现实当中，我认为鲁迅应有的经典地位与现实影响之间还是有差距的。

当代中国不缺少鲁迅研究专家,但鲁迅精神的社会扩展,则是我们应当肩负的文化责任。我认为,鲁迅研究既有学术责任,也有向社会传播鲁迅的责任,在当前情势下,向社会传播鲁迅的责任更加重大。在鲁迅研究界,很多专家学者表达了一些人对鲁迅刻意曲解的不满和不自觉误解的遗憾。实际上,这些意见也是社会上对"鲁迅研究"的某种反馈。对鲁迅的误读,很多学者意识到了,也很愤愤不平,但大都是在自己的圈子里面表达。反驳,不能仅只是出于一般性的热爱去驳斥,不能只向与自己观点相同的人抱怨,更应当让社会公众认识鲁迅对全民族的意义。鲁迅研究从人数上看非常多,各种学术申报中,关于鲁迅研究的话题并不少,也就是说,"吃鲁迅饭"的人其实不在少数。

鲁迅形象在全社会到底有多高?到底是看涨还是看跌?大家的意见不一定完全一致,但有一点,否定鲁迅的声音更容易传播。在这个过程当中鲁迅研究界的学者也有责任,这个责任要求我们,不能把学术只当成学问,应该向社会传递鲁迅精神,视其为一种文化滋养,在某些历史时刻,鲁迅精神是火炬,是灯塔,全民族应为之骄傲,这样的意识需要通过鲁迅研究树立起来。在中国文化发展过程中,在社会时代生活里,鲁迅到底处在一个什么位置上?到现在其实没有说清楚,忽高忽低,你高我低,随着时代、政治、文化环境变化,“鲁迅精神”在不断波动。莎士比亚研究也可以有很多角度和结论,但是当“宁愿失去印度,也不愿失去莎士比亚”几乎成为一句谚语的时候,英国人对莎士比亚的讨论就设定了一个前提。鲁迅对中国文化的意义和价值,自然不言而喻,但人们对其认识却难得有一个基本确认的前提,鲁迅形象也是忽明忽暗的,对鲁迅的任何讨论,哪怕是关于其私生活的猜想和议论,其实都有可能改变对鲁迅的认知。

让鲁迅形象成为一个民族的文化骄傲

把鲁迅放在当代文化背景下,放在当代文学格局中研究,这一点很重要。因为鲁迅思想的巨大魅力就在于其强大的现实性,在于他对民族性格的根性剖析具有长久的“当代性”。把鲁迅的文学成就结合到当代文学中去,才能看出他作为一个作家的伟大性。文学研究中有一个毛病,往往认为后一浪比前一浪更厉害,所以它的发展应该是直线上升的。其实,在一个相对确定的历史时期,一个经典作家对其之前是经典,对之后他也是经典。比如鲁迅。我认为近代以来中国文学的追求,最后就体现在鲁迅的经典性上。文化精英的追求都是朝“鲁迅”这个目标去的，包括鲁迅自己也在朝着这个目标努力。这样的表述并不是忽略同时代作家，而是说鲁迅最集中体现、最能够代表一个时代的思想深度和创作高度。鲁迅之后的中国现代文学，在一定程度上就是鲁迅思想和创作高度的延展，如果没有达到那个高度，那就是他的余波。这才是一个经典作家的地位。抛弃鲁迅，断裂鲁迅，这些不值得谈，但其中透露出一些学者是凭臆想推测下论断的。十多年前，有学者说鲁迅花钱请泰戈尔、萧伯纳吃饭，由此证明鲁迅是有钱的“殖民地文化领袖”。其实，只要证明了“史料”的子虚乌有，吓人的结论就自然失效。“鲁迅研究”于此有责。

面对一个经典作家，永远有很多阐释的空间。鲁迅的文章并非篇篇好，中学课本“入”还是“去”鲁迅文章，其实更重要的是“适应性”问题，最适合中学生阅读的鲁迅文章，或许是《夏三虫》《夜颂》等等。如果我们能确立“血管里流出来的总是血”这一前提，又相信血有浓也有稀，就不会一味地对现状表达不满。近年来，日本学者研究鲁迅的著作，特别是涉及考据方面的，译介的特别多，大家普遍感觉到自己没有做到，人家比我们做得好。所以鲁迅研究，既应有思想上的高度和追求，还要有考据上的扎实和可靠。让最高的和最小的有效结合起来，这一点日本学者确实做得好。而我们大量地游走在“中间地带”，造成很多话题与文章上的重复。

鲁迅研究界具有义不容辞的文化责任和学术担当，将鲁迅的思想、精神，创作、人生，以活的形态表达出来，让鲁迅形象成为一个民族的文化骄傲。

（原载2018年3月16日《学习时报》）

五四于传统：是革新，不是全盘否定

——严家炎先生访谈录

阎：最近一段时间，学术界关于五四新文化运动的讨论十分引人注目，这场讨论涉及对五四在中国现代社会历史发展过程中所起作用的评价，您作为中国现代文学研究会的会长，中国现代文学研究的专家，对这场讨论有什么看法？我想这对读者更加深入地了解问题，会很有帮助的。

严：当前对五四的反思甚至发难，可能源于美国的一位学者林毓生先生。他的一本叫《中国意识的危机》的书，80 年代中期翻译过来，在一些青年学者中间引起反响。90 年代，就是前两年吧，我们学校哲学系的一位教授陈来先生，也发表了一篇文章，叫《20 世纪文化运动中的激进主义》，发表在《东方》杂志创刊号上。他们两位都是我尊敬的学者，学术态度严肃，但在五四新文化运动这个具体问题上，我们之间看法很不一样。大体上说，他们两位的观点很激烈，把五四和"文革"相提并论，认为五四是全盘反传统的，彻底的反传统，造成了中国文化的断裂，带来了中国意识的危机，影响所及，才会有后来的"文化大革命"。按林毓生先生的说法就是，新中国成立以后，好多方面受到了五四带来的影响，发展到极端就成为"文革"，就是全盘反传统，也是五四新文化运动恶性的发展，恶性的膨胀。陈来先生虽然对新文化运动的功绩有所肯定，却也从五四联系到"文革"，还一直联系到新时期以来重新提倡启蒙、理性等等的文化热，他认为这些都是同一股思潮影响的结果，总的就叫激进主义。

我对叫不叫激进主义没有多少想法。只要不称作“过激主义”，叫激进主义我想并不是不可以，因为同“学衡派”的保守主义相比，五四主潮当然是激进的。问题在于实质，就是五四这样一场文化运动，能不能叫“全盘反传统”，我认为这种说法是不符合事实的。有很多历史问题，都是在一种朦朦胧胧、模模糊糊的状态下被误读的，这个结论不准确，所以我个人不赞成这个说法。我在 1989 年的时候写过一篇文章，主要从文学这个角度对五四进行反思，实际上是跟林毓生先生商榷的，五四有五四的问题，但是不能把五四的性质定为全盘反传统。

林毓生先生的一个大前提恐怕就靠不住：他认为“辛亥革命推翻普遍君权”，因此造成了“传统文化道德秩序崩溃”，五四就是在这种背景下起来的。这就把事情讲反了。辛亥革命是推翻了皇帝，但并没有认真破除君权观念、纲常观念和封建道德。辛亥革命之前的舆论准备是很不够的，它主要是动员汉族起来反对满族贵族的统治，这个革命主要是反满，传统文化道德秩序并没有崩溃，没有解体。如果真崩溃了、解体了，如果君主专制已经成为过街老鼠，人人喊打，到了这个地步的话，还会有 1916 年袁世凯的称帝吗？还会有 1917 年张勋的拥立溥仪复辟吗？五四时高一涵他们就说，辛亥革命“是以种族思想争来的，不是以共和思想争来的；所以皇帝虽退位，而人人脑中的皇帝尚未退位”(《非君师主义》)。这个看法是符合实际的，辛亥革命吃亏的地方，就是不像法国大革命之前有一个启蒙运动，辛亥革命之后，封建思想、帝制思想还在人们的头脑里普遍存在，认为没有皇帝不行。所以林毓生先生这个大前提就搞错了，他没有顾及到这方面。

弄清了这个大前提，我们才能正确理解五四。可以说正是由于袁世凯和张勋接二连三的复辟，以及像康有为这样维新运动中的激进人物，都主张把孔教奉为国教，在宪法里边写上一笔，才引起了新一代知识分子的深思。五四先驱者们觉得，中世纪的封建文化思想还深深地统治着人们的头脑，所以需要一场新文化运动，所以需要文学革命。陈独秀在《旧思想与国体问题》一文中说得明白：“腐旧思想布满国中，所以我们要诚心巩固共和国体，非将这班反对共和的伦理文学等等旧思想，完全洗刷得干干净净不可。否则不但共和政治不能进行，就是这块共和招牌，也是挂不住的。”五四新文化运动就是在这样一种特定的历史条件下发生的，它实际上为辛亥革命补了一课。当时的矛头很自然地批了孔子，批了孔教，批了儒家的一些学说。当时批的时候，还是有分析的，不是全盘否定孔子。比如易白沙的文章《孔子平议》，陈独秀的文章《宪法与孔教》，李大钊的文章《自然的伦理观与孔子》，他们都讲了孔子在历史上是个伟大人物，但是他的很多思想不适合今天，不适合现代，“孔子尊君权漫无限制，易演成独夫专制之弊。”李大钊甚至还说，孔子如果活在今天，“或更创一新学说以适应今之社会，亦未可知。”所以对孔子也没有全盘否定。五四当时并没有“打倒孔家店”这个口号。只是到 1922 年，新文化运动已经过去好几年，五四爱国运动的高潮也已过去，那一年，胡适为《吴虞文录》作序，说吴虞是“四川只手打孔家店的老英雄”，才有了所谓“打孔家店”的说法。胡适这句话，可以说是一句戏言，而且并没有个“倒”字。后人拿胡适这句戏言，再加上一个“倒”字，成了“打倒孔家店”，当做五四的口号，这就很不确切。

阎：那么我们以往的一些文章，包括一些史书中，是否也有把这句话当成历史材料和证据来引用的呢？

严：根据我的记忆，50 年代以前纪念五四的文章和史书里，并没有“打倒孔家店”这个说法。三四十年代，毛泽东多次讲到孔子，基本上都是肯定的，他说：“从孔夫子到孙中山，我们应给予总结，承继这一份珍贵的遗产。”他的《新民主主义论》《反对党八股》等对五四肯定得很高，但也清醒地指出，五四存在着形式主义看问题的偏向：“所谓坏就是绝对的坏，一切皆坏；所谓好就是绝对的好，一切皆好。”大约是 1959 年，纪念五四 40 周年的时候，在一篇社论或什么文章中，才出现了把五四与“打倒孔家店”联系起来的说法，目的是要证明五四反封建的彻底性，似乎出于好意，但离开了历史实际，夸张过了头，最后会走向自己的反面。70 年代以来的一些先生批判五四否定五四，也是强调它的彻底，彻底到根本否定传统了，连中国文化传统都不要了。这些都是对五四的误读。实际上五四当时对传统，包括对孔子的评价都不是这样，还是尊重孔子为历史上的“圣哲”，只是说不能把孔子、儒家定为一尊，应该与诸子百家同等对待，而且认为，儒家的好多思想不适合于现代，“三纲五常”这一套是要不得的。所以在批判儒家、重评孔子的时候，也还是有分寸的。陈独秀一再地讲，他不是否定孔子本身，而是否定君权，反对定孔教为国教，认为这是一种倒行逆施。陈独秀说，对孔学的优点“仆未尝不服矣，但是从汉武以来，学尚一尊，百家废黜”，这是不好的，儒家的纲常伦理是要不得的，这样下去，中国就会灭亡。总之，反对旧道德，提倡新道德，反对帝王专制，反对男尊女卑，这是五四做的一件大事，也是它的一大功劳。五四还做了一件大事，就是反对旧文学，提倡新文学，发动文学革命，这也不像有的人理解的那样，要把几千年的古典文学给否定了。陈独秀的《文学革命论》里确有那么一句话，就是“推倒陈腐的铺张的古典文学”，是三个口号中的一个。但只要看看上下文，就可以看出来，他所谓“推倒古典文学”，推倒的是“仿古”的文学，不是否定古典文学。相反，就在这篇文章中陈独秀肯定了《诗经》，肯定了《楚辞》，肯定了乐府诗、唐诗以及元明清的小说戏曲，评价都很高很高，他批判的是六朝靡丽的文风，以及明代一味仿古的前后七子，这哪有什么整个打倒古典文学的意思呢？钱玄同说过这样的话：“桐城谬种，选学妖孽。”就有人把这句话解释成骈体文和散文都不要了。这个解释是不对的。王瑶先生多次讲过，这句话的含义无非是反对骈体文和桐城派的末流，而不是反对散文、骈体文本身。因此不能说五四先驱者反对中国的古典文学。很清楚，对于中国传统文化而言，五四新文化运动是一次革新，而不是全盘否定。

阎：我插一句，就是五四当时一些先驱者的论说，今天看来确实有澄清的必要，比如鲁迅也对青年说过，要“少读或者不读中国书”。

严：鲁迅是在社会上“国粹主义”盛行时说这句话的。作为文科大学生，“四书”、“五经”应该有所了解，但如果把这些作为青年普遍的必读书，当然不合适。鲁迅认为，青年还是要多读西方近代以来的著作，这样使人有活气，但绝不能据此认为，鲁迅不要传统文化。鲁迅本人传统文化的根基很深厚，而且他自己也很讲孝道，他和朱安的婚姻就是尊重母亲意愿而做的牺牲。正因为他很了解传统文化，包括它好的方面和坏的方面，所以鲁迅才能对传统文化的消极面进行很深刻地批判。

偏激并不是五四新文化运动主要的方面。五四有偏激的地方，如对汉字、京戏的看法，都不合适。像钱玄同就认为京戏是一种野蛮的戏，“百兽率舞。”这个看法是不对的，但这些并没有真正做起来，当时就有人反对，为京戏辩护。先驱者里最激进的大概就是钱玄同了。然而，总体上看，五四是一场理性主义而非感情用事的运动。当时提倡民主，提倡科学，提倡新道德，提倡新文学，都是服从于民族发展需要而做出的一种理性的选择。所谓“重新估定一切价值”就要将传统的一切都放到理性的审判台前重新检验，重新估价。正因为这样，这是一场思想大解放的运动，是把中国的历史和文化大大向前推进的运动。我们今天依然享受着五四新文化运动的成果。

关于五四时是否提倡过“兽性”的问题，我也想讲一些看法，陈独秀的确在《今日之教育方针》一文中讲到过“兽性”，但能因此认为五四提倡“兽性”吗？似乎不能。“兽性”这个提法诚然不妥，但陈独秀所谓“兽性”，其特定含义是：“意志顽狠，善斗不屈”；“体魄强健，力抗自然”；“信赖本能，不依他为活”；“顺性率真，不饰伪自文”。他推崇这种“兽性”的目的是为了改造中国人“退葸苟安诡易圆滑之国民性”，为抗强敌，主张在侵略者面前要有野性的反抗，不要有奴性的驯服。我们不可以辞害意，去做其他解释。陈独秀1916年注意力集中在军国主义的德国身上，采用“兽性”这种提法并不奇怪，但到1918年，他思想发生变化，后来的注意力就集中在苏俄方面，可见他的思想也是随时代而变迁的，是受理性支配的。五四运动整体来说是理性的运动，它反对了儒家的纲常伦理之后，又提倡科学方法，回过头来整理中国古代文化。鲁迅写《中国小说史略》，胡适写《白话文学史》，那就是要对中国的古代文化重新进行整理，用现代的观点、科学的方法加以整理，把不科学的东西去除掉，所以五四是立了大功的，它有偏差，但是是次要的，这种偏差后来不久也得到了认识。

阎：你怎样看待“文革”受五四影响的问题？

严：至于六七十年代的“文革”，我认为并不是受到五四的影响。相反,“文革”可以说是把五四新文化运动所反对的东西又捡回来,是这些东西的恶性发展。“文革”的出现有两个条件:在上面,是党内民主生活受到严重破坏;在下面,是个人迷信盛行,把领袖神化。两个方面上下结合,才会发生“文革”。而这两者,正是五四新文化运动的对立面。五四提倡民主,就是为了反对封建专制;提倡科学,就是为了反对愚昧迷信。“文革”和五四恰好是反方向的运动。“文革”的发生,说明封建思想已侵袭到了革命队伍内部。中国的反对封建运动是个长期的事情,仅仅五四那几年不可能毕其功于一役,启蒙要不断地进行。大量历史事实证明,启蒙并没有因救亡而被压倒。抗战前夕,还有个《新启蒙》杂志,有个新启蒙运动。一直到抗战反帝高潮当中,人们还在做大量的启蒙工作。真正的问题在于,一旦封建思想侵袭到革命内部,反起来就非常困难,封建思想有时以革命的名义出现。中国毕竟是个小农意识有如汪洋大海的国家,封建思想几乎无处不在,人们对此没有清醒意识,加上以革命的名义,反对起来便有一定难度。五四先驱者陈独秀身上也有封建专制主义的东西。他后来做了共产党的总书记,就一意孤行,听取别人的意见很差。其实,只有了解民主主义,才能真正领会社会主义思想,丁玲有民主主义思想的准备,受到五四新文化运动的洗礼，正是她的长处。她到了解放区，才有那么一种敏感，敢于反对封建宗法思想，反对小生产习气，反对大男子主义。

所以，“文革”不但不是受五四新文化运动的影响才发生的，恰恰相反，正是五四所反对的那些东西侵袭到了革命内部，再加上文化教育事业落后和个人迷信等等，才形成那样的结果。我们不能只看某些表面现象上的相似，把事情的实质颠倒过来。

阎：您认为当前关于五四新文化运动中激进与反激进的讨论同近年来的“新儒学”及“新国学”的兴起有什么内在联系没有？它对我们反思文化学术思潮有什么帮助？

严：我赞成这样的一种观点：各种思潮在历史上各自有它的作用和地位，对它们都不能作简单化的结论。历史的发展事实上是由各种思潮、各种势力的合力形成的。保守主义的“学衡派”也有它合理的地方，它反对白话文是不对的，但它对某些新诗缺少诗味的批评也不无道理，其中的成员像吴宓是很懂文学的。联系新人文主义思潮对“学衡派”重新评价，这是必要的。当然矫枉不能过正。过去我们对“教育救国”“实业救国”“科学救国”等思潮都批判、都否定，这是很吃亏的。事实上要从根本上改变中国，主要的和首先的当然是革命救国，但是不能因此排斥其他一切，它们其实是相辅相成的。比如陶行知的教育救国，对革命很有好处。毛泽东在1950年时也讲，要宣传四个实业家，搞重工业不能忘记张之洞，搞化学工业不能忘记范旭东，搞纺织工业不能忘记张謇，搞运输业不能忘记卢作孚。陈嘉庚捐了大量的钱给八路军，怎么不好呢？如果我们的教育发达一点，实业也比较发达一点，革命成功得不就更快一点吗？它们与革命救国不是一种对立或相互排斥的关系，但由于形而上学猖獗，50年代末期把这些都当做对立面给批判了。

新时期以来经历一场思想解放运动，对过去的历史问题进行重新认识，这是对的，但这里面也发生一些偏差，这种偏差又是对我们形而上学倾向的惩罚。比如过于强调五四反封建的彻底性，突出所谓的“打倒孔家店”，对儒家的态度简单化，“文革”中又批孔。这就走向自己的反面，新儒家思潮也就容易活跃。当然事情并不那么简单，学术思想本来就会有不同，经过正常讨论，解决问题，是有可能达成共识的，但误读的结果是不好的。有我们自己的误读，也有对立面的误读，从林琴南、严复、辜鸿铭他们起，直到“学衡派”，对新文化都有误读的地方，但也有我们自己的误读，把五四反封建的彻底性讲得过头了。应该纠正这种误读。

阎：这次关于五四的讨论，您认为对五四文学的研究会产生什么样的影响？

严：我想，总的来说，对五四文学的研究是会有好处的。问题会越辩越明。今后人们对五四新文学与传统的关系，会更注意研究。比如对陈独秀"推倒古典文学"的说法，前一段《中国现代文学简史》要出英译本，外文局搞翻译的同志来找我，询问有些东西的译法，其中就有这句话，我说应该译为"推倒仿古文学"，不能译成"推倒中国的经典文学"，如果陈独秀真是要推倒几千年的古典文学的话，那他为何要把从《诗经》到元明清戏曲小说肯定得那么高呢？这不是自相矛盾吗？对有些问题的认识，在经过一点曲折之后，就会理解得更加深刻。

其实鲁迅是很清醒的，他认为他自己接受的传统的东西很多。林毓生先生在他的著作中，对此也做过精细入微的阐发。他们这代人，国学根底那么深厚，不可能与传统断裂。鲁迅自己很长时间抄古碑，编辑绍兴本地的古籍，他自觉接受绍兴先贤的那种精神，热爱自己的国家和民族，传统和历史怎么能同他割断呢？鲁迅甚至很担心自己身上有传统里面一些不好的东西，他说过他身上有"毒气"、"鬼气"，这说明他自己在警惕那些东西。包办婚姻是五四所反对的，但五四先驱中，鲁迅、胡适、郭沫若、闻一多、郁达夫等等好多人都是包办婚姻，那就说明发生的问题不是他们的过分偏激。偏激是有，但也许还不是最主要的问题，他们主要还是深受传统的影响，甚至沉浸其中。他们的功绩在于他们反对了他们应该反对的东西，是立了大功的。偏激尤其在年轻人里是难免的。钱玄同说过，人到四十岁就接受不了新鲜东西了，所以过了四十就应该枪毙。鲁迅和陈独秀在新文化运动时年岁比较大一点，偏激的东西毕竟少一点，鲁迅后来就嘲笑钱玄同说："作法不自毙，悠然过四十。"

我认为这次学术讨论，学术交锋并不奇怪，是多少年积蓄下来的结果。五四的事业仍然没有完成，以后还要继续做。人们做些历史回顾，回头去看看走过的脚印，有些弯弯曲曲的地方就看得更清楚了，今后的弯路曲折就会少一点，不然我们今后的文学乃至整个思想运动的先驱者岂不成了千古罪人了吗？去科学地认识历史，特别是中国近代史，少一点偏差，这样对我们以后的发展会有极大的益处。

（原载《新批评文丛》第一辑，1997 年）

八十年后感受鲁迅还在

——上海思南读书会《鲁迅还在》对话录

对话:郜元宝　阎晶明

项　静(主持人)

时间:2017年12月31日

地点:上海思南读书会

项静(主持人):今天是2017年最后一天,我知道此时此刻,中国很多地方都在以各种各样的方式跨年。在这样欢庆的日子里,我们有幸请到长期研究鲁迅的著名学者阎晶明老师和复旦大学中文系教授郜元宝老师,来和我们大家一起“阅读”鲁迅先生,是一个非常有意义的跨年活动。

1936年,鲁迅在为《呐喊》捷克译本所做的序里说,“自然,人类最好是彼此不隔膜,相关心,然而最平正的道路,却是用文艺来沟通,可惜走这条道路的人又少得很。”我每次读到这句话都很有感触,其实这条“最平正的道路”一直存在,至少今天在场的就都能以文艺交心。今天我们交流的主题是阎晶明老师的新作《鲁迅还在》,此书从2009年一直写到2017年,晶明老师围绕鲁迅先生的生活和写作,不仅读出了文学必须承担的社会责任,也再次凸显了鲁迅一贯坚持的培植个性和精神世界的“立人”理念,内容极其丰富。

接下来就有请阎老师、郜老师!

阎晶明:大家好! 首先我要说,我们所做的一切关于鲁迅的工作还是很有意义的。因为在今天,鲁迅的思想和精神还是很有必要继续发扬光大、薪火相传的必要,在这一点上,我觉得我做多少工作都是值得的。我今天要说的很多内容其实都在这本书里面讲到了,现在我就简单地介绍一下写这本书的经历、想法和出发点。

这本书其实不能说是一部专著,它是一本文章的结集。我是学现代文学出身的,在阅读鲁迅时就会对自己的一些思考和体会做一些记录,这种习惯一直没有断过。大概从2008年开始我有意识、有计划地开始撰写一些关于鲁迅的文章。这个阶段的写作还不算系统的研究,只能说是“散文式”的,或者叫“学术随笔”。我选取的也不是专家们研究的角度,基本上是写一个系列的主题文章,把鲁迅看成我们身边的一位普通人,从他日常生活的一些场景出发,找一个特殊的角度进入,比如鲁迅的“吸烟史”、鲁迅的“城市居住史”、“鲁迅与酒的关系”、鲁迅的“疾病史”。从这些很接地气的日常生活角度出发,我们会发现这些琐碎的日常与鲁迅的思想、创作以及他整个人生的精神世界都有着千丝万缕的、甚至更深层次的联系。很多研究者可能在一定程度上更注重于“高大上”层面的东西,而忽略了这些很具“烟火气”的生活细节,所以我主要在这方面做了一点补白的工作。

我确实越来越发现，这样的角度对我研究鲁迅是非常重要的，同时我也发现鲁迅在当代中国所具有的存在价值和精神指向意义，而且鲁迅的精神、思想，包括那些文章确实还在被阅读被关注，在发挥着重要作用，所以这本书叫《鲁迅还在》。当然，还有另外一种感慨，鲁迅虽然还在，但是还需要我们进一步去整理鲁迅的遗产，使更多的人真正认识到鲁迅的伟大，他不仅仅是一位学者、一位思想家、文学家，他还是“民族魂”。我们这些从事文学或鲁迅研究的人，都有责任协力把这件事做好。

项静：郜元宝老师是鲁迅研究上非常有成就的学者，他的《鲁迅六讲》是很多中文系学生的必读书目，请郜老师从学术研究的角度来谈一下对《鲁迅还在》这本书的看法。

郜元宝：《鲁迅还在》书名很有意思，这除了通常所谓“鲁迅不死”、“鲁迅精神永存”之外，我理解晶明先生还想说，他理解的鲁迅，还在！我们看过许多学者给鲁迅绘制的画像，现在晶明先生又用他的方式呈现了一幅非常独特的鲁迅画像。

可以从两个方面来定位阎晶明的这幅鲁迅画像。首先，晶明刚才讲的“人间味”，比如鲁迅的“病”、“喝酒”、“抽烟”、

“交友之道”、怎样给自己的书写序，诸如此类，都并非现在许多媒体刻意炒作的那种“人间味”，好像刻意要把鲁迅拉下神坛，还原成跟你我一样的普通人。我觉得这一点很重要。十几年前，林贤治写过一本书叫《人间鲁迅》，对中国的“鲁迅接受”造成了一次反转，几乎解构了过去习惯宣传的所谓鲁迅的“伟大”与“深刻”，凸显了鲁迅作为常人的另一面。这无疑很有意义。但许多读者和媒体或许并不一定理解林贤治先生的用心，他们以为解构鲁迅那些近乎神性的“伟大”与“深刻”，就是要将鲁迅故意贬低，“泯为常人”，于是几乎一窝蜂地一味搜寻那些“人间味”浓厚的八卦。在这意义上，我觉得阎晶明先生新作是继林贤治先生之后，对中国的“鲁迅接受”进行了又一次反转。他提示我们注意鲁迅生活和写作的诸多细节，跟现在坊间热衷的所谓“人间味”的八卦没有一点关系。同样是谈论“细节”，其中矗立的鲁迅形象仍然高大，“须仰视才见。”

其次，这本书尽管从“细节”出发，更多采取随笔的形式，但这些随笔其实都是认真的考证，没有一句话是随便说的。作者虽然抓住的是“细节”，但并不满足于就细节谈细节，也并没有忘记从“细节”出发来推想作为整体的鲁迅精神。可以说，《鲁迅还在》反对神化鲁迅，但并不因此刻意矮化鲁迅；

其次,《鲁迅还在》从具体细节出发,但并不局限于把玩这些细节,而是希望从一些关键的细节出发,推想鲁迅精神的全体,这就有别于当下鲁迅研究日益“碎片化”的倾向。

有些材料我觉得非常有意思,比如“鲁迅为什么不写故宫”?故宫就在北京,就在离鲁迅工作不远的地方,为什么不写?这个问题好像以前还没有人研究过。晶明不仅提出这个问题,不仅把这个问题解答得相当清楚,还触及这个问题背后与鲁迅精神有关的一些关键元素。

原来,鲁迅曾多次到过故宫,但主要是去整理德国商人俱乐部“德华总会”的藏书。德国在欧战中战败,中国是“战胜国”,上海德国商人俱乐部所藏德、俄、英、法、日等文书籍由当时的北洋政府教育部作为战利品所接收,堆放在故宫午门楼上,由学者们进行分类、整理。

鲁迅参加了这项工作,负责审阅德、俄文书籍。鲁迅德文很好,他在那一大堆书中淘到一本德国 S. 布果夫和 A. 比拉尔特合译的俄国作家阿尔志跋绥夫的中短篇小说集,很快就把其中一个中篇《工人绥惠略夫》翻出来,在《小说月报》上连载,不久又出了单行本。这本书的翻译给二十年代鲁迅反思自己思想提供了一个原点。直到 1926 年 8 月鲁迅离开北京的最后一次重要谈话,还是以这本书为起点,可见它的重要性。

此外,《工人绥惠略夫》的翻译还证明了鲁迅自己的一个说法:“文学革命”初期鲁迅之所以迫不得已写小说,是因为住在绍兴会馆,想弄翻译,却没有理想的原著。尽管如此,鲁迅还是非常重视翻译,好不容易在故宫午门楼上几千本书里淘到这一本《工人绥惠略夫》,就赶紧翻出来,还由此找到不断反思和谈论自己的一个话题:“工人绥惠略夫”怎样从“爱人”、“关心社会”一变而成为“憎人”和向整个社会复仇?俄国作家阿尔志跋绥夫提出的这个问题对中国知识分子有什么启示?

这只是一个例子,但也由此可见晶明收在这本书里的“随笔”是真正的“学术随笔”。他确实也在描述鲁迅的“人间味”,但他理解的“人间味”并没有把鲁迅的价值冲淡,反而让你感到这才是真正的鲁迅。

阎晶明:我觉得我和专业学者之间还是有差别的。郜老师看到的是背后的学术含量,我看到的就是鲁迅为什么不写故宫。我在《文艺报》工作的时候,跟故宫博物院的常务副院长有过交流,说:“不如请几位中国作家来看一下故宫,如果他们愿意的话,也可以写一下。”这个想法很好,然后我们当时就请了莫言、叶广芩等十几个著名作家。参观完以后,故宫博物院要求写故宫，但后来作家们大都没有完成这个任务。我作为一个组织者最后组稿不力，很难为情的，就想干脆自己也写一篇吧。其实参观过程中我都是走，并没有看到什么，想到了“鲁迅为什么不写故宫”这个题目，当时觉得题目虽然是虚拟的，但我预感到这个话题是成立的。我们知道，鲁迅对中国传统文化和国民性的批判很严厉，但事实上，他对我们的传统文化还是很有感情的。他在教育部虽然是公务员，但他经常去琉璃厂，这当然跟他的个人兴趣有关。但是你会发现他基本上不怎么去故宫，他很愿意到琉璃厂看民间的、野的、杂的那些古玩。当然我就用元宝刚才那个说法，我把它跟鲁迅对于皇权、王朝这些东西相关联。其实我那个材料很简单，就来自《鲁迅全集》，鲁迅有一句话：只要在中国沾到一个“宫”字，那么它立刻就身价翻倍了。他说他看到了很多人拿木棍在麻袋里将各种文物捞出来，然后乱翻。但是鲁迅作为一个近水楼台先得月的人只取了一本德文书，并对这部书做了翻译。这就是鲁迅，他还是和普通人不一样，和一般的文化人也不一样。他认为那本书特别适合当时的社会需求，特别希望当时的中国人去阅读。这也是鲁迅精神的一个旁证，我也因此写了这篇文章。其实就那么一点点感受，这也是我写作这本书所追求的。我特别想找到一些既有文章可以印证、又是文章之外可以呼应的发现，从中可以看出鲁迅行为和做人的方式，还能够看出一个时代，特别是看出一个人的思想境界。学术随笔，不管是偏学术还是偏随笔，总之我们的努力都是希望鲁迅的形象可以丰富立体地塑造起来。

项静：阎老师在这本书的前言里面说到，我们对于鲁迅其实是有责任的。对于鲁迅，我们有些东西没有做到、没有挖掘出来，也还没有去更好的领会和理解鲁迅，我们对鲁迅有学术上的责任。另外还有一个责任，就是将他推广到更广大的民众中去，希望他们能够理解到鲁迅的精神，继而能够把鲁迅的这种精神推而广之，让更多的人去理解鲁迅。这个背后肯定是有一个希望，希望能够达到鲁迅一直期望的塑造国民性格。这两方面其实是有点冲突的，不知道两位老师是怎么看的？

郜元宝：说到这里，我突然想起一件事，就是希望思南读书会多请一些像阎晶明先生这样的北方学者到上海来。上海过去汇聚了全国各地许多学者作家，这才造成三四十年代上海现代文明的辉煌。大家不要误解，好像上海现在的辉煌是上海人搞起来的，其实不是，是全国的文化汇聚到上海，这才造成上海文化海纳百川的多元气魄。过去好像一个“海派”就把三四十年代的上海概括了，这也很害人。所谓“海派”，只是对上海文化某一种特点的描述，并不能代表上海文化全体——鲁迅就不承认他是“海派”。不料后来的上海文化界真的接受了“海派”这顶帽子，还努力解释何谓“海派”。上海现代文化其实要“大于”有特殊含义的“海派”。在现代中国，上海文化有地方性，但更多的还是全国性乃至世界性。后来情况变化了，上海不再是移民城市，慢慢就变成一个特殊的城市，地方性很强，过去那种多样性全国性世界性少了，包括上海文化中北方学者的那种朴实稳重的东西也更加稀薄。现在提出重建上海文化的辉煌，应该超越“海派”，从思考现代上海文化的本来面貌开始，尤其要注意吸收似乎不属于“海派”但其实对上海文化至关重要的那些因素。鲁迅活在现代上海这一基本事实难道还不说明问题吗？这是我读阎晶明先生文章和书时产生另一个感触。

就拿《鲁迅还在》来说吧，虽然是随笔，但比那些学术文章还要认真，有很多干货。很多学术文章，干货并不多，只不过有挺吓人的学术腔。晶明几年前出过两本小册子，《鲁迅讲演集》和《鲁迅箴言录》。你看他为这两本书写的序，就大致可以了解他的一些特点。看一个作家或学者写序很重要。不是说正文可以不必看，而是说通过序和跋，很能看出作者的气度,他怎么认识他自己,是不是在序跋中吹牛、卖弄、为自己辩护、描述一个根本不存在的自我,还是平心静气,笃实坦诚?

晶明这本《鲁迅还在》有一篇文章,就是研究鲁迅著作的序言,他认为从中特别可以看出鲁迅朴实自谦的人格,而朴实自谦正是鲁迅精神的一个重要方面。鲁迅的序跋是他著作精神的凝练和升华,所以我们要看鲁迅序跋是怎么写的。鲁迅自己非常重视序跋,有的书因为太重视序跋,时间又仓促,竟然就写不出序或跋。《鲁迅全集》哪些书没有序?对,第二本小说集《彷徨》没有序,勉强用《楚辞》一句话“路漫漫其修远兮,吾将上下而求索”作了题辞。为什么写不出序?因为鲁迅那时思想急剧动荡,有些事他也没想清楚,或者觉得不便于明说,于是干脆不说,就让小说本身来说话好了。不要以为鲁迅是一个文章大家,文思泉涌,其实他有时写文章很痛苦,写了又改,改了又写,腹稿时间很长。晶明写自己书的序,包括这本《鲁迅还在》的序,跟鲁迅的心思相通。鲁迅是南方的绍兴人,但他身上有中国北方人的厚重、朴实,所以学历史出生的作家张承志怀疑鲁迅祖先可能是北方“胡人”。虽然没有证据,但提出这个假设,我们也不能完全当它是玩笑,它有助于我们理解鲁迅的精神。我扯出这个题外话，是想说，由来自山西的阎晶明来写他心目中的鲁迅，跟我们南方作者的风格乃至着眼点都会不一样。所以思南读书会以后要多请一些北方学者和北方作家来调剂一下，这样我们上海的文化界读书界才不至于走向单调。

今天谈鲁迅，谈阎晶明心目中的鲁迅，使我又想起中国文化南北不同和南北互补。再说从细节把握鲁迅。其实这并不容易。如果不是八卦，而是和鲁迅的学问思想有关的细节，往往不好把握。比如晶明刚才讲的鲁迅逛“琉璃厂”这件事，就够写一大本书。

我再讲一个细节。鲁迅去世后，好友许寿裳写了一封加急信给许广平，说你现在一方面要编《鲁迅全集》，但还要把鲁迅日常生活中各种小东西收集起来，一个烟灰缸、一条毛巾、一支废弃的笔、一张废纸都不能丢掉。这好像有点夸张，然而许寿裳当时的眼光确实长远，虽然他绝想不到中国后来会搞一个北京鲁迅博物馆，一个上海鲁迅纪念馆，还有广州、厦门等地的纪念馆，但他知道世界各地都有纪念伟大作家的惯例，中国不会、也不能例外，他相信老友鲁迅以后也会被中国人乃至世界人民长久地纪念，而如果没有生活用品，那将非常遗憾。

我们知道，鲁迅许多家具、文具和生活用品，包括拖鞋、汗衫、废弃的笔墨、砚台、书信、包书的纸(有些是鲁迅手稿),后来确实都保存下来。这和许寿裳、许广平等人的努力分不开,尤其是许广平,当时处境很可怜,带着周海婴,母子两个人在上海靠鲁迅的版税生活,另外还要汇钱到北京,赡养鲁老太太和前妻朱安。当时日本人占领上海,许广平还被抓过一次。许寿裳知道许广平艰难,但还是给她提醒,他知道中国人纪念鲁迅将是一个长远的事情。我们不要看某段时间对鲁迅的评价和态度有变化就大惊小怪,要看长远。他们那代人就相信对鲁迅的普及也好、对鲁迅的高端研究也好,国内鲁迅研究也好,世界范围的鲁迅研究也好,都将是一个长远工程。阎晶明这本书,包括他以前编的两本书,以及更早出版的学术著作,对鲁迅研究的普及和提高,无论宏观和理论研究,还是着眼细节的学术随笔,都有这种长远的目光。

阎晶明:我想补充的一点,我们的学者在某一个范围内,比如说中国鲁迅研究会或者是我们共同认可的一个研究鲁迅的群体里面的研究和讨论,确实有很多非常优秀的研究成果,但是非常遗憾的是,很多成果还没有达到社会普及的程度。在纪念鲁迅逝世 80 周年时,中国现代文学馆开了一个研讨会,整个发言当中,很多学者对现在所谓的反鲁、贬鲁、抑鲁风潮都特别的愤慨,我在发言中说,如果我们把这些不在我们现场的人的一些不恰当的表达，拿到我们认知一致的这些人里边来反驳，只能是一种集体抱怨。这种抱怨要化成一种实际的行动去真正做，不能既不屑于去做，又要在自己圈子里表达愤怒。我自己虽然也不能完全做到，但确实认为大家应当有这个意识。

做学术有时候一个材料弄不对，它就有可能是蛊惑人和有危害的。刚才提到我写过一篇文章关于鲁迅和萧伯纳的交往，那一天的交往历史就发生在思南公馆旁边的孙中山纪念馆里。其实那一天的活动后来引发出的事情是特别多的，其中我讲一个最微不足道的细节谁都没有提到，就是那天在宋庆龄家吃饭，到底是谁花的钱就是一个公案。上海滩有一位名人叫邵洵美，他后来入狱和文学史教授贾植芳关在一起。有一次他对贾植芳说了大意如下的话，我可能活不到出去那一天了，但是你还有机会，你出去以后一定记得帮我办两件事，其中一件就是那天在宋庆龄家吃饭是我花的钱，但是所有人都记得是宋庆龄请的客，没有人提过这件事情，我绝对接受不了，你一定要为我证明。

那么事实究竟是怎样的呢？那天鲁迅也在现场，但鲁迅去得很晚，是蔡元培专门派车子接过来的。但是到底是谁出的钱，我认为肯定不是鲁迅出的，因为鲁迅是迟到的人。鲁迅去了以后还有 7 个人坐在里面，他是最后一个，不可能请客。有学者曾写过一篇文章，文章里说鲁迅当年在上海时很有钱。其中就讲到一个细节，说他有钱请萧伯纳在上海摆一桌饭。我觉得用论据证明鲁迅并非请客者以后，学者臆测式的文章就不成立了。我特别同意郜元宝的说法，最近 20 年有一种过度“人间化”、“烟火气”以至于庸俗化谈论鲁迅的做法，所以我努力的两个方面，就是一方面要努力往上走，一方面要努力克服庸俗化。

我研究鲁迅饮酒，不是研究鲁迅多么爱酒，喝过多少品牌的酒，喝过多少酒，而是要研究酒跟鲁迅到底有怎样的联系。最后我发现其实鲁迅对酒和对烟态度是不一样的。鲁迅是一辈子离不开烟的，他最后是因肺病而死，但是他去世前两天还在吸烟。他自己也说，读书、写作、抽烟，这三件事永远也不可能戒掉的，但是鲁迅对酒就不这样痴迷 。但酒在鲁迅的文章里出现频率却比烟要高，在我看来，酒在鲁迅笔下其实具有虚拟色彩，他有时就是“醉翁之意不在酒”，这也是酒的品质本身决定的。比如《两地书》里面，他跟许广平探讨了很多次酒。许广平说你尽量不要喝酒，少喝酒。鲁迅说我没有喝酒，我喝得很少，然后又说今天谁谁又请我喝酒。其实他通过一个简单的“酒’字来传递两个人互相关心 和互相承诺，所以我认为酒在他笔下经常是个虚拟概念，而且，在他的小说里，这个酒还发挥着极其不一般的角色。这个作用就好比是兴奋剂，比如说麻木不仁、愚昧的阿Q，贫困落魄的孔乙已，只要喝一点酒他就来劲。阿Q这样的人，喝酒也会说大话，孔乙已这样的人也会开玩笑，包括《风波》里的七斤喝二两就骂赵七爷"贱胎"，等到酒醒了又很后怕，担心喝酒的时候说了会被杀头的话。

香烟是鲁迅自己喜欢，随时都会点燃一支，去写那些他的论敌不乐意看的文章。对他来说，烟是起支撑作用的。但是酒在他的文章里是对人物的塑造，情感的转化，或是表达一种思想，起到一个非常特殊的作用。鲁迅其实不太喝酒，他喝酒都是被迫的，也是非常少量和有度的，和抽烟完全不同。他要吸烟，总说我最近吸烟少了，一天已经控制在50支以内了。这个量就是今天的"烟鬼"也要吓一跳，因为一天抽两包也就40支，而他即使要下决心戒烟，也只能戒到每天35支到40支。那是他的生活习惯，也是他的生命态度，而且与他的文字很有关系。

前面说鲁迅参与宋庆龄邀请萧伯纳会餐这件事，这件事衍生了很多其他的故事，每一个故事都被加入了个人化的判断，或者是被人出于个人目的利用了，而要整合还原原来的故事难度是很大的。我所做的事，其实就是不想让鲁迅被一些人刻意地去利用，比如有人说鲁迅请客就认为鲁迅当时很有钱，认为当时的青年包括萧军、萧红他们不是因为鲁迅的名气高，而是认为他很有钱，还愿意施舍才去找他。我们今天应该有种更客观的态度去认识鲁迅。但是在这一点上，如果我们的学者能够通过研究文章提高读者的辨别力，比起我们在学术圈里互相讨论、互相引用甚至互相吹捧有用多了。我个人虽然不能完全做到这一点，但这是我努力的目标。

项静：在《鲁迅还在》这本书中阎老师说鲁迅所有的文章跟普通人之间有一种亲切感，他有那么高的名声，但依然有亲切感，况且他背后有非常强的“烟火气”来支撑他。阎老师的文章以及他刚才的描述，可能会让我们觉得鲁迅是让人感到非常亲切非常熟悉的人。但是也不要忘了，无论是鲁迅还是这本书的作者阎晶明背后都有一双冷眼在注视，有一个对话或者反抗的对象，这也是跟鲁迅相通的一个部分。

另外其实我们去重读鲁迅，或者理解鲁迅，不仅仅是知识的累积，肯定需要新的观点，新的方法，新的文体也非常重要。你要去寻找一种跟自己适应的接近鲁迅的文体。阎老师多次谈到《一次“闪访”引发的舆论风暴》这篇文章，在这本书中也是我特别喜欢的一篇，这篇文章特别像戏剧，它记录了八个小时之内发生的很多事，而且有十几个著名人物一一登场。文章核心大概是萧伯纳在上海社交界像一面镜子，把很多人的原形都给显出来了。其实文章又有几个层次，第一层是当天的那些记者比如洪深，记者们都参与了现场发生的事情，他们以记者的身份把这个事情发到了报纸上去。第二层是鲁迅编写的那本书——《萧伯纳在上海》，是对上一次叙事的反拨和重新验证的过程。而随着时间的演进可能还有新的东西出现，就像六十年代关于邵洵美的一个回忆就增加了一个可能性，增加了一层话语。最后就是现在阎老师重新描述的过程。这样层层话语就把一个事情的各种矛盾都堆积在一起，整个过程非常地紧凑和紧张，增添了很多场景氛围的感受。阎老师的其他的文章是不是也有一种文体的考量？

阎晶明：郜元宝老师的研究有一个很大的特点，他不是简单的谈学术，他可以把鲁迅文章里的话语信手拈来，而且可以用自己的强项来运用那些话，我若有所知又若有所不知，至少可以让我去学习。我后来之所以下决心要编一本关于鲁迅的书，也是有这个原因在的，我读了这么多的鲁迅还不能随意地引用鲁迅的话，但郜元宝他竟然就可以信手拈来，而后引起大家啧啧赞叹。我不是赞美他，我的阅读真的不够细，所以我就有意识地在这本书中下了很大的功夫。首先把文字版的《鲁迅全集》阅读了一遍，然后又把电子版的看了一遍。在文字版里我把需要的内容画线出来，然后又把电子版的摘录拼出来，再把它们分类。

我现在不能说《鲁迅还在》有什么文体上的特点，因为的确不敢看作是学术的方式，只是用随笔的方式把它写出来。不过从另外一个层面上说，也是希望通过这样的方式使文章的阅读面、辐射力能更广一点，使更多的读者知道那件事情原来是那么回事。比如说我这些文章要发表在《鲁迅研究月刊》上也是可以的，但是有几篇我就发表在《人民文学》《上海文学》等文学刊物上。我希望通过考察，让大家搞清楚一些事，像到底是谁请的萧伯纳吃饭这么一个简单的事，一定得让人知道不是鲁迅请的，所以鲁迅不是一个殖民地的所谓的文化霸主，其实鲁迅个人生活非常艰难，在这么艰难的情况下，还帮助了那么多的文化青年，这才是我们应该去认识鲁迅的地方。

郜元宝：我希望大家再看看《鲁迅与酒》这篇文章。这也是一个很好的个案，能看出阎晶明的治学方法。“鲁迅和酒”很多人都说过。鲁迅在世时就有很多八卦流传开来。沈兼士说鲁迅有三大嗜好：抽烟、喝酒、吃糖果。他的结论是鲁迅早逝跟这有关，但没有把鲁迅的三大嗜好与他的文学思想关联起来。阎晶明不说，可能我们有些人还不知道，鲁迅还曾经抽过雪茄；喝酒是从啤酒开始，不过瘾，才是黄酒、白酒。说鲁迅嗜酒如命，很多人不同意，因为鲁迅喝酒并不厉害。他在日记和书信中写自己喝醉，都有原因。这有些是回忆文章，有些属于鲁迅的自述。那么酒在鲁迅生活中究竟处于什么地位？晶明这篇文章用鲁迅自己的一句诗做标题，“把酒论当世，先生小酒人。”很有眼光。鲁迅从绍兴刚到北京的教育部，就听到老友范爱农去世的消息，他把自己的《哀范君三章》寄回绍兴，其中一首诗的结论部分就是“把酒论当世，先生小酒人”。这首诗讲他经常和范爱农一起喝酒，议论时事。范爱农贪杯，不过是借酒消愁，他骨子里其实看不起所谓酒徒。武昌起义消息传来，范爱农顿时换了一个人似的，酒也不喝了，整天忙着革命。在鲁迅笔下，酒不是范爱农与生俱来的嗜好，而是描写范爱农精神状态的一个道具。这是鲁迅作为文学家看待老友范爱农的独特眼光，也是阎晶明看待鲁迅的独特眼光。后来鲁迅那篇《魏晋风度及文章与药及酒之关系》更不是简单地谈酒，而是把中国历史文化的一个阶段、一种“风度”借酒来比喻，来阐释，写得非常深刻。阎晶明也是通过喝酒这件事试图打开鲁迅研究的一个窗口。

项静：阎老师在谈烟酒的时候其实也是虚拟性的，他有一整套想去谈论的东西。我们今天讨论鲁迅，不管是普及的文章，还是研究性的成果，都有一个公共空间的问题，我们都是在公众领域里面讨论这个话题。但是阎老师这个文章里面，还有一个让我感受深刻的地方是，他有很多私人的时间进入到文章里边，比如谈“孤独者”的形象，他之所以写这篇文章是看了当代小说有感，还有“一次‘闪访’引发的舆论风暴”，他也会有一个瞬间闪回到自己参加各种各样会议的时候，看到很多国外的、现在的获得诺贝尔文学奖的一些大作家，他们来或去，都会不停地刺激到他，从而产生写这文章的一些创作冲动和动力。我想任何文章，不管是学术文章还是随笔，或者其他的小说、散文，我们都有一个“言为心声”，都会把个人的经历投入到这里边去。

郜元宝：另外，《文体的兴衰》一篇也很重要，我如果写《鲁迅还在》的书评，就用这做题目。中国作家可以选择很多文体，可以写散文、随笔，散文和随笔下面又可以再细分出很多文体。项静讲的很好，读者会慢慢锁定一种他最喜欢的文体。作者也一样，他并不是什么文体都能写。每种文体都是各种因素的综合，适合某一群读者，也可能只适合于某一群或某一位作者。这里就有文体兴衰的问题。杂文在 30 年代很兴盛，甚至有过“杂文年”的说法。鲁迅1933、1934、1935年杂文写的特别多。为什么？因为他找到了适合他的文体。你如果强迫鲁迅去写周作人林语堂式的散文，或强迫鲁迅写当时中国已经很成熟的中规中矩的学术论文，他肯定不愿意。鲁迅追求适合自己的文体，因此在他笔下，一些本来就有的文体获得了新的生命，展现出新的风姿。

今天都说鲁迅是杂文大家，其实我觉得鲁迅并没有写“杂文”。为什么这么说呢？因为杂文只是一顶帽子。鲁迅17本杂文集，900多篇杂文，有统一的杂文这顶帽子，但是在这顶帽子下面，许多彼此各不相同的文体其实分得很清楚，笼统称之为杂文固然可以，但还远远不够。杂文只是一个笼统的概念，下面还有很多不一样的体式。我觉得现在太不讲究“文章学”了，一看到小说，就全是一样的小说；一说到散文，就全是一样的散文；一提到杂文，以为所有的杂文都是一样的“体式”。哪有这么简单！

晶明这篇《文体的兴衰》讲的是现代中国和鲁迅有关的一种特殊文体怎样流行开来，又怎么一下子就不流行了。这和文章类型有关，其实也是他的夫子自道。晶明用学术随笔的形式写他心目中的鲁迅，我想也是有他的考量，所以《文体的兴衰》就好比是他给这本书写的另一篇序。

阎晶明:我看鲁迅的文章以后,对文体问题有一个感受,在鲁迅的眼里,文体本身就没有特别局限于它自身定义的框架里,所以他写的文学史 ,包括部老师刚才讲的文学的一些概述,它不是一个学术式的概括。通过阅读鲁迅的文章会发现很多中国文化的问题,比如说中国的诗歌为什么就衰落了,后来小说为什么又替代了诗歌。其实没有那么多学术上的神秘,说白了就是科举考试。因为考试就是让你写诗,写诗可以当官,所以当时很多青年愿意写诗,只能写诗。青年们把自己写的诗,拿到长安城里的文化名人那里请他们去阅读,一旦诗被那些名人认可,考中的几率就会增大。后来,有人认为诗实在太多了厌烦了,就写了篇故事,那些读诗的人也读的烦了,突然看见一个传奇故事,就觉得这个好,后来就认可传奇了,那些写诗的青年,都去写传奇了。所以鲁迅说,从此以后诗歌衰落,传奇,也就是小说开始兴盛了。

其实文学史也就是社会史。我们今天的文学,长篇小说特别的兴盛,中短篇小说就不行。我就想起 1986 年我刚从事文学工作时,正是新时期文学的黄金时期,所有的作家都在写中短篇,我在上海《文学报》发表了一篇文章,专门谈中短篇小说这么热,长篇小说怎么办的问题。我还真的发过感慨,一个国家、一个民族文学的兴衰,扛鼎之作应该是长篇小说呀！大家都急于成名去写中短篇，谁也不愿意去熬夜写长篇，那将来文学怎么办呢？但是今天，当年那些公认的写中短篇的名家，也都去写长篇了。长篇所得到的利益是中短篇无法比拟的，出版社也愿意出版长篇小说。

现在是市场化的时代，80 年代就不一样，即使你是一个农民，如果写出一个好的短篇小说，就有机会直接成为写小说的专业作家，或一个杂志的编辑，它是那样一种回报方式。今天这些东西都没有了，变成了改编影视剧、获得更高的发行量、获得评论家的评论，所以大家都愿意写长篇。这不是文学问题，因为不是今天的作家都爱去写长篇小说，而是长篇小说与今天的市场化有很直接的关系。因此我也就更加认同鲁迅对文体演变的看法，我们不要把文体的演变只认为是文学内部的问题，它是一个社会化的问题。我原先的担忧完全是多余的，我也由此认为，有时候文学批评家起不了那么大作用。呼吁也罢，批评也罢，结合社会风潮更能找到实质。所有我们现在的文体演变既是一个文学问题、学术问题，也是一个文化问题，是社会风潮导致的结果。

郜元宝：这个问题很有意思。鲁迅很看重刘勰的《文心雕龙》，刘勰有一句名言，“文变染乎世情，兴废系乎时序。”这就是刚才晶明所谓文学和文体的嬗变都有背后的社会原因。

中长篇小说和短篇小说的变迁就是一个例子。鲁迅本人当然也碰到这个问题。众所周知,他是以短篇小说在“五四”时期问鼎文坛的,比如《狂人日记》《药》《孔乙己》等,但他很快就勒住马缰不写了,改写杂文。鲁迅在那个时代感觉到有这个必要。关于这个问题,他在几个场合陆续说了几点,很能启迪我们今天的文学。

第一次是在1925年的北京,他跟一些青年朋友办了一个杂志叫《莽原》,不久他给许广平写信说,我办《莽原》,原本希望青年作家们来发“议论”,批评社会,没想到投稿的全是诗歌小说,我很失望。现在中国文坛毕竟起来了,写诗写小说的毕竟大有人在,但直截了当批判社会的人不多。第二次是1932年,鲁迅回北京,在一次演说中他指出,中国过去把小说打压得太厉害了,到了梁启超,又把小说的地位抬得很高。“五四”以后,大家发现西方人也很重视小说,于是小说成了新文学主要的一种文体。鲁迅讲了一句非常幽默的话:弄得好像不看小说就不是人似的。这当然是反话,意思是小说的地位已经抬举得太高了。鲁迅写杂文,很多人都批评他不应该再写了,你看托尔斯泰一部长篇小说就立住了。后来王朔也说鲁迅没有一本长篇恐怕还是“矗不起来”,这都是不明白鲁迅对当时文坛的观察,用今天的文体格局来衡量鲁迅。第三次是1933年，主编《申报·自由谈》的黎烈文看鲁迅的杂文流行开来了，又得陇望蜀，写信要鲁迅继续写小说，在《申报》上连载。鲁迅回信说，小说我当然还要写，不过目前没有条件，更重要的是，目前中国文坛，小说之外，杂文的作用其实更值得注意。群众都喜欢看小说，“不费心思”，像“五四”时期“问题小说”或晚清“政治小说”那样的盛况早就过去了，所以鲁迅不肯在这个情势下写小说。1934年，鲁迅还写信告诉萧军萧红，他其实不大看当时中国作家的小说，平时主要搞翻译，写杂文。

鲁迅当时深受文体的困惑，但他抵抗住了困扰。他不迷信，不信邪，偏要把不受待见的杂文抬到文学殿堂中去，偏要故意远离众人趋之若鹜的小说。

事实证明，鲁迅是有远见的。今天的作家基本只能写小说，一个作家可以写出十卷本长篇小说，但读者并不多，质量也并不好。相反，有学者就认为，杂文虽然现在报纸上不多见，但网上很多。很多学者认为现在的微信、博客就是鲁迅杂文的再生。鲁迅杂文的传统在我们意想不到的新的文化空间里一下子又活过来了。尽管现在主流作家仍然盯着长篇，但更多的读者其实是盯着鲁迅杂文的还魂复活。鲁迅不迷信批评家的话，也不太在乎所谓文坛的主流，甚至不在乎、不迎合一般读者的阅读心理，他觉得像杂文这种文体，如果社会有需要，作家就可以去写，于是乎通过鲁迅及其同道们的努力，杂文硬生生地就变成中国现当代文学中一种有争议但又极具生命力的文体。

这是我从阎晶明《鲁迅还在》的一篇《文体的兴衰》引出来的另一个话题。

项静：关于鲁迅这个话题是谈不完的，时间很短，我们今天活动即将结束。接下来的时间给读者朋友们吧，你们有什么问题可以和阎老师和郜老师交流。

读者 1.：三位老师好！这本书确实不错，我对鲁迅先生的敬仰从中学时代就开始了，但鲁迅给人的印象又总是比较冷峻的，不过当我打开这本书的目录一看就发现这是不一样的鲁迅。今天听了这场讲座以后，更感到这本书确实写得很好，尤其是两位老师讲了这是学术性的随笔，我就更放心了。因为学术性的东西比较可靠，随笔又很有看头。我刚才坐下来把这书临时翻了一下，里边很多小文章都是很喜欢的，我看到了关于鲁迅柔性的一面，一个是家人推牌九时他讲了一句话。后来又讲了一件事，是他的妹妹生病的事，当时鲁迅在厨房暗暗哭了，让人很感动，但我想这里有问题要提一下。第一个问题比较大一点，一个是鲁迅真的还在吗？现在还在吗？鲁迅是学不完的，至少我认为鲁迅还在。因为鲁迅他对国民性的塑造，他所发表的文章对我们今天，无论是老年还是青年，至少可以起到“补钙”的作用。但我还想请问阎老师您是怎么认为的？他如果真的还在，他还会这样吗？会怎么样呢？接下来的问题呢，因为这本书里谈到，鲁迅的柔性语言跟我以前想的是大不一样的，我感到很有趣味，其中讲到萧伯纳的问题让我知道是这么一回事，关于故宫的问题原来是这个意思，看了这个趣味性就大大增强了。那么，我不由自主地想到两件小事情，因为今天是谈生活中的鲁迅，这些事影响很大，若是方便的话，阎老师是不是做个简单的回答：第一个是关于朱安，我总对此有点耿耿于怀，难道鲁迅对朱安真的这样无情吗？我有点不太相信。看看胡适同样是新文化运动的伟大旗手，处在那样一个时代，鲁迅为什么就不能改造朱安呢？他真的是这样无情吗？这是一个问题；第二个就是周氏兄弟失和的事，原因究竟是什么呢？真如坊间传闻那样吗？究竟是真是假？烦请阎老师解答一下，谢谢！

阎晶明：谢谢，你问的很清晰，前两个问题确实很尖锐，第三个问题不是我一个人可以解答的，第四个问题大家也都说得不是那么清楚。你问鲁迅今天还在不在的问题，我的这个书名实际上就是一个回答，鲁迅还在。第二，鲁迅还在也是一个要求,就是说鲁迅其实在我们的社会当中,是经常不能感到他的存在的,在我们很多人的心目当中,他已经不存在了,这个鲁迅是不在了。如果他活到今天会怎么样,如果有个戏剧家愿意去写,那是他的事情,而我们只能去做那些已经发生了的考证。从我个人来说,鲁迅还在不在是我经常会遇到的问题,有一次我参加我们国家最高的关于出版界的一个评审,我在本书的序言里也讲到,当时评审项目里就有一本叫《鲁迅大辞典》,评审的时候,只有我是作为文学界的代表去的,其他都是美术、音乐、出版、古籍等等。有专家说,编辑《鲁迅大辞典》有必要吗?鲁迅不就是一个作家吗?我一听这个话,马上就反驳说:你这个观点是不对的,鲁迅既是伟大的作家,同时又不只是一个作家,鲁迅的影响既在文学,也不只是在文学,英国对莎士比亚特别尊崇,甚至认为哈姆雷特都可以编一个辞典,难道中国就不应该为鲁迅编一个辞典吗?我当时的感慨是,我们可能没有话语权,但是我感觉到鲁迅在我们文化人心目当中都快流失了,我说的是这个意思。但是至少我们这些文化人、还追求一点文学理想的人,我们心目中不能没有鲁迅,或者说不能没有鲁迅这样的作家,不管什么时代,中国人都应该记住鲁迅。

辛亥革命100周年时,我写过文章,我读到的纪念辛亥革命100周年的作品，当中写的人物基本上都是孙中山及其同道者 。而鲁迅也是有很多篇章是写辛亥革命的，但是鲁迅没有塑造过孙中山。他写的是不革命、不懂得革命的阿Q和生活受到革命影响的一些小人物。这里反映出的，是对辛亥革命、对写作的目标认识上的差距。

前不久我参加过一个关于孙犁的活动，我发现一个现象，现在很多搞鲁迅研究的人都去搞孙犁研究。孙犁还真有一点鲁迅的精神，而这个鲁迅精神不管别人看到的是什么，我看的是孙犁的率真。孙犁说，文学和政治不可能没有关系，文学和政治的关系甚至不是政治需要文学，是文学需要政治。他说，我注意到有些作家动不动就说，现在的领导、评论家不懂得艺术规律，不按艺术办事，很讨厌。孙犁说，我首先要问问，你作为一个作家，你写小说是不是按艺术规律去写的。这个时候我感受到了鲁迅精神，那时让我觉得鲁迅还在。我们不能以虚拟的，没有发生的假象去想象，但是我们可以按照鲁迅的本来形象来看。

关于鲁迅和朱安，很多人在谈，我研究得不够。“五四”那一代人，用鲁迅的话说，就是“自己背着因袭的重担，肩住了黑暗的闸门，放他们到宽阔光明的地方去；此后幸福的度日，合理的做人”。这是一个很大的话题，从人性的角度来说，其实鲁迅也尽了自己的努力了，包括朱安生病，鲁迅陪她去医院，等等。鲁迅生活在中国从数千年的封建时代转到现代社会，也就是从黑暗到黎明时分的转型期，转型期的阵痛当然会波及个人的命运，而且那是一代人的命运。这一代人的命运都是有很多种形态的，在那个巨变的前夜，每一种选择都有可能发生，而不只是抽出两个来简单对照。我说的柔性的事，包括他妹妹夭折，祖母问他为何而哭，他说：为妹妹；看家人打牌时叔叔问：你希望谁赢？鲁迅说：愿大家都赢。这些是事实发生，有人记述下来了。而且我特别希望有人说，像鲁迅及同时代的文化名人，都不乏一些传奇，但是我们作为一个认真的读者，作为一个想传承鲁迅的人，你要看他的精神，学他的思想，然后从中感受一种真的问题。而其他的一些东西，第一，有的是猜测的，没有根据，把它们扩大为否定鲁迅的根据，是不能接受的。

郜元宝：道德标准只能用在看得见的地方，但社会人生恰恰有许多幽暗的大家看不见或不容易看清的地方。在这些地方，你如果一味地坚持用既成的道德尺度来衡量人，就很容易对一些人作出不恰当的过高估计或过低评价。用道德谴责人，前提是你已经掌握这人所有的大数据，他做的任何事你都知道。如果那样，你当然可以也应该用道德去衡量他。然而你不是上帝,你怎么可以宣称对一个人了如指掌?所以脱离具体语境,用抽象的道德作为批评人的标准,很危险。不仅批评人很危险,捧人也很危险。今天把人捧得很高,明天发现这人的一些不符合你的道德标准的事,你该怎么办?我这样说,不是反对道德评判,而是说,在进行道德评判时,要切实地了解被你评判的对象,看看哪些地方我可以用道德评判他,哪些地方道德评判可能不合适。

读者2:我想问一下阎老师,“反鲁、贬鲁”的现象出现的原因是什么?他们的目的是什么?你们有没有做过一些反击,怎么来压倒这股思潮?这是第一个问题。第二个问题是,中国有句古话,叫做“爱而知其乐,憎而知其善”,阎老师作为一个热爱鲁迅的学者,鲁迅思想的负面影响有没有告诉大家一些?

阎晶明:鲁迅既然是一个开放的话题,我们大家都可以讨论。那最后谁是主流,谁是占上风,其实也不过是一种辩驳的过程,而事实终归是事实。其实90年代以来,这些倾向都对鲁迅研究产生过影响,最后被证明,他们对鲁迅影响的社会化其实也起到了一定的作用。我们讨论鲁迅不必刻意回避一些东西,但也没必要把这些东西扩大化。

读者3:郜老师你好,我是复旦大一新生,一直很敬重

您,这学期开学我选了一门中文系倪伟老师的课“鲁迅与中国现代文化”,上课时老师提到过您。我的同学都不理我,他们觉得我很怪,选这门课对我来说是有难度的。其实很多人,包括我这些同学,都误解了鲁迅吧,因为鲁迅一直对国民性有非常深刻的批判,直言不讳,毫不隐瞒,他不像陈西滢那样含沙射影吞吞吐吐,所以他给人的更多是一种硬汉形象,但我觉得这是人们对鲁迅的误解,而且我可能比较悲观吧,读大学读到现在,我身上缺少鲁迅那种独立自由的思想。我就想问您,我们现在的大学生怎样更好地去认识鲁迅,怎样去继承鲁迅的思想和精神呢?

郜元宝:一言难尽。不过,我首先想建议你,从研究鲁迅的具体问题入手,不要一上来就纠缠于那些喜欢不喜欢的终极评价的大问题。你也可以劝你的同学们多着眼于具体问题,这样才谈得上切实地了解鲁迅,只有切实地了解鲁迅,也才谈得上继承他的精神。

其次,你同学见你选了鲁迅的课,就认为你怪,这件事你不说,我还真的无法想象!

鲁迅《野草》有一篇,写一家人,因为他们的妈妈年轻时为了养活一家人而做过妓女,这个事情败露后,女儿女婿就崩溃了,对老太太说,都是因为你啊,把我们害得好苦!连老太太的小外孙也对着外婆说：杀！那些专门在鲁迅身上寻找“缺点”，自以为“找到”之后，就恨不得杀掉鲁迅的人，跟这一家忘恩负义、不知好歹的人，有什么两样呢？

1927年10月，鲁迅从广州到上海，有一对年轻人追随鲁迅，也从广州来到上海。男的要给鲁迅做干儿子，吃住在鲁迅家，还要求鲁迅给他解决工作问题。后来突然说要走了。鲁迅问他为什么？他告诉鲁迅，听说我跟你在一起，周围的朋友都看不起我了。鲁迅说，想不到我还这么坏，就赶紧把这对活宝送走了。这好像跟你的遭遇很相似啊！

社会上许多人不大读书，人云亦云，产生许多关于鲁迅的议论，不管怎样荒唐，都可以理解。但我们理解他们，却不能置若罔闻。你是中文系学生，更有责任直面这种现象，尤其碰到周围同学也误解鲁迅的时候，就更要与他们一起明辨是非。但你们不要凭空发议论，要在你老师或其他研究鲁迅的学者的论著的帮助下，通过自己的读书思考，实打实地学到一点东西，然后用这个来为鲁迅鸣冤白谤。

（原载《湖南文学》2018年第5期）

“鲁迅还在”的当代意义

——北京涵芬楼《鲁迅还在》对话录

活动名称:《鲁迅还在》新书分享会

对话:李文儒、黄乔生、阎晶明

主持人:饶翔

时间:2018 年 1 月 12 日

地点:北京涵芬楼书店

主持人:各位来宾,各位读者朋友,大家好,欢迎大家来到涵芬楼,参加"八十年后感受鲁迅还在",即阎晶明老师的《鲁迅还在》的新书分享会。

今天来的几位嘉宾,包括读者,都是为了参加这个以鲁迅为主题的聚会,鲁迅先生当年和商务印书馆有着很密切的关系,所以选择商务印书馆涵芬楼这个地址也颇有深意。

鲁迅的文化方向

李文儒:首先我觉得这个书名字很好,"鲁迅还在",确实如此,很多时候我们都觉得鲁迅还在,你看到一些事情的时候就会想到鲁迅,看到鲁迅的东西就觉得有时候会心一笑,笑什么呢,鲁迅还在。但还有另外一种说法,鲁迅到底在不在？鲁迅到底还要不要？有没有意义？所以，这个书的名字真的是和我们心里很通的，看这个书的名字，关心鲁迅的，关注鲁迅的，更不用说对鲁迅有深厚感情和研究的了，真的是这种感觉。

鲁迅首先是一个文化方向，这个方向意味另外的方向存在问题。我们知道，文化的形成和积淀往往难打扫和清理，一些不好的方面，经常随着时事的变化在变化的，换一种形式，但是骨子里的东西并没有消失，越是这样，“鲁迅还在”越是成为一种需要。但是需要鲁迅在的时候又不在了，这是一种困扰。我在北京不止一个地方看到很好的社区里面，院墙很高很长，粉刷得干干净净，上面又大大地描绘了二十四孝图。中国人民要讲孝道，而且孝敬孝顺老人，尊敬老人，这是人之常情，不管什么时候都需要，但是如果把孝道编得不合人情的时候，这个东西还是不是孝？鲁迅写过批判二十四孝图的文字，如果社区里负责这个事情的人真的读过鲁迅，就不会这么弄，可能他没有读，所以这是鲁迅该在的时候不在了，这是很困扰人的。看到这种现象的时候，又觉得鲁迅更应该还在，不光是在我们这个圈子里，应该在更普及更广泛的层面。

最近几年，从来没有对文化这么高的重视过，文化人觉得好时代来到了。而关于文化的建设,新时代中国特色社会主义新文化,到底该怎么建设?鲁迅从五四开始就是旗帜,为什么不可以大张旗鼓来学他呢?我们面临两个方面的文化问题,一是如何对待传统经典文化,一是怎么对待外来文化,我觉得到目前为止还是鲁迅的经验最为可取。鲁迅研究传统文化的文字达 300 万字,手稿都在,正在整理出版过程中,鲁迅又是翻译大家,翻译的文字也有 300 万字,而他的创作也有 300 万字,三个层面齐头并进,打个比方说就是构成了一个超稳定的三角形。

讲到传统文化的时候一定注意前面有定语"优秀传统文化",很多时候"优秀"被忽视了。传统文化里面优秀的传统文化多还是非优秀的传统文化多?我个人的看法是优秀的少,非优秀的多。例如故宫文化,故宫现在很火,有人说是中国文化的代表、象征,但故宫文化怎么能成为中国文化的代表?故宫文化是过去几千年帝制文化、皇权文化的代表,怎么能成为我们传统文化的代表,更不要说发扬光大了。

我们的政策,对于传统文化里面的优秀部分,要创造性转化、创新性发展。这是对优秀传统文化,不是指对非优秀传统文化,我觉得鲁迅就是非常好地做到了。传统文化鲁迅怎么对待的,对待外来的文化鲁迅的态度又是怎样的,鲁迅用这两个文化和自己结合起来,创造了鲁迅的新文化,这就是方向,所以我觉得新民主主义文化,鲁迅的方向,文化的方向,真的是对的,以这个文化为方向,未来文化肯定是不错的。

所以,我觉得鲁迅应该继续在。当然晶明兄并不是从宏观叙事来讲的,以小见大,渗透了我刚才说的这些意思,而且读了觉得很亲切。

书中有一篇文章叫《鲁迅为什么不写故宫》,我想鲁迅面对故宫的时候是很纠结的,鲁迅在教育部管的就是图书馆、博物馆、美术馆。后来历史博物馆选址就选择了这一带,鲁迅经常去这个地方看,经常去,但鲁迅为什么没写故宫?因为鲁迅是一个存在,故宫文化也是一个存在,而且鲁迅代表或者追求的这个文化,和故宫代表的传统文化是截然不同的。这两种文化形态它们之间的关系是什么,怎么处理这种关系?鲁迅就是一个典范,我们现在如何对待这两种文化形态,一个是鲁迅的文化形态,一个是宫殿文化形态,当然这个含义很博大很丰富。

"鲁迅还在",应该从鲁迅继续,或者说从我们的角度叫"继续鲁迅",这样才有可能走出去,往前走。如果离开了这么一个大的方向和趋势,离开这个基本的原则,文化发展就会有问题。

于细节中见诸伟大

黄乔生：我今天来特意还打上领结，比藤野先生要严谨一点，他有时候就忘了，平常我也经常忘，今天我特意打上的，主要是表示敬意。鲁迅与我们心灵相通，刚才文儒先生说这个书的题目非常好，我们是会心一笑。2016 年是鲁迅逝世 80 周年，全国搞了很多活动，政协礼堂搞了鲁迅文化论坛我去发言，题目叫“硬硬的还在”，说的就是去买药的路上捏捏银元，说“硬硬的还在”，我是说鲁迅逝世 80 周年了，他的命运，地位，评价，跌宕起伏，当然还在，这是没有问题的。可以说，我们俩同时用了“还在”这个词。

像我们这种博物馆、纪念馆也比较重要，因为它是硬件，这个硬件不能消失，硬件一消失，很多基础性的工作就无法从事了。但我觉得大家不要再去每天几十万进去朝拜封建文化，这样就会好一点。我曾经在一本书中写了鲁迅辫子问题，鲁迅是有这个心结的，他小时候看到了很多因为辫子坐牢、受苦的，他也是因为这条辫子回国被人当成假洋鬼子的。我在这篇文章里最后一句话说，“辫子在汉民族的头上种了 200 多年，但是在他们的心中种植的时间更长。”当然这个说得可能有点重，象征意义。

晶明先生《鲁迅还在》这本书，跟我说的鲁迅“硬硬地还在”这个意思契合了。鲁迅博物馆、鲁迅纪念馆“硬硬地还在”是应该的，我们专职从事这个工作，我们经常做很多鲁迅的研究项目。但是，我们更希望鲁迅是在大家的心中，在教科书里，在晶明先生这样鲁迅的研究者、爱好者的笔下，这才是我觉得价值非常大，所以他这本书我认真拜读过，甚至有读者还给我来电话，专门对鲁迅的吸烟史一文表示赞赏。

这本书把多年的文章有序地收进来以后，一下子就显出了阎晶明这些年对鲁迅研究的脉络，这个脉络很重要的是同我们学院派不同，但是具有学院派雄厚的基础，史料非常充分，在占用充分史料的基础上，晶明先生发现了一些独特的视角。这些视角我感觉到非常敬佩、欣赏，同时又一次跟我相契合，我这几年做了一些小的事情，比如说写了一本书叫《鲁迅像传》，把鲁迅的照片拿来排列了一下，我发现鲁迅没有带辫子的照片，他很可能把它销毁了，这就是鲁迅为什么不写故宫的缘故，我也给你提供一条线索。鲁迅他们日本入校后就要给照相，但是这张入学照片没有了。留学生戴上帽子很古怪，辫子是盘在头上或者拖在脑后，但鲁迅没有这张照片。

李文儒:去日本其他的照片里看看。

黄乔生:他们那代文化人,留下带辫子的照片很少,有的几乎都没有,也有可能战乱消失了,但是也有可能是主动销毁,不好看,汉民族的耻辱。

我发现了这样一些很小的问题,比如说鲁迅没有全家福,就是那种常见的父母亲坐在中央,妇女坐前排,兄弟站后边,小孩抱怀里的全家福,这种全家福我找了很久没找着。为什么,大家也可以分析一下,我觉得跟他个人生活状态有关,出于他的妻子可能拿不出手这种心理,小脚或者不识字,加上鲁迅跟家里不和谐,他不跟妻子说话,不会有兴趣把她带出去到照相馆,或者带出去跟兄弟们来一个大合影,这恐怕比较困难。

黄乔生:当然鲁迅对朱安也在尽家庭上的责任,他内心很复杂,表面上他是不肯和妻子对话,交流,但是道德方面的家庭伦理方面的大节他还是要做到的,生病了还是去照顾。我自己的一本书叫《八道湾十一号》,就是写鲁迅和周作人他们在新街口居住时的生活,我也发现了一些小问题,比如说医疗问题。关于鲁迅的疾病,晶明先生写得很好,把鲁迅一生的疾病贯穿下来了,这样从这些疾病看出鲁迅对人生的一些态度,思考,分析得比较透彻。我则是从一个大家庭到了北京以后住下来的现实问题开始分析。我们现在到哪个地方定居,在哪个小区买房子,会考虑这个小区有没有学校,孩子长大该上小学了,有没有比较好的小学,另外还要考虑附近医院怎么样。我写了鲁迅去过的同仁医院、协和医院、白塔寺的福民医院,还有日本人的医院,晶明先生也写到了。烦琐之中还是有好的取向,因为要真实,把医院全调查出谁开的,每一年多少人看病,鲁迅这一年用了多少种药,晶明都引用了。从这些角度,我觉得结合刚才文儒先生讲的鲁迅的文化方向非常正确,是中外结合的,是创造性转化,也是创新性发展,比如复兴中国木刻,创造出新东西,就利益于鲁迅的提倡。

李文儒:用今天的话说就是创意产业。

黄乔生:是的,有许多成功的作品。我想强调,研究方法还是要做细。为什么要做细,因为大的话大家都好说,搞一个新文化的方向,搞一个文件,很多人在一起参与。但是,实际我们要的是深层次的使命感,是一个创造者的创造过程,一个文化的演进状态。我觉得晶明先生很多文章描绘的是这种状态,是鲁迅这个亲切的人,是这个有伤痛又有爱,又有恨,可以说七情六欲俱全,又有执着,他把这个人生的状态描绘出来了,给我们一个丰富多彩的鲁迅,这是我最近这些年也一直在追求的目标,正好和晶明先生碰在一起了,不但题目碰在一起了,而且主要是里面这些文章碰在一起了,我非常欣赏这些作品。我们的《鲁迅研究月刊》也发表过晶明先生的作品,更希望以后晶明先生把这个路子再写下去。书里面后边有些文章稍微有点短,没展开。以后还是要照着前面那个路子再继续写下去,可以深挖的地方很多。

总之,我是非常欣赏这个写法,应该提倡从衣食住行这些方面研究一位伟人。我们要继续告诉读者一个多面的鲁迅、丰富的立体的鲁迅,这是我要和晶明先生共勉的。

到更大范围内去说鲁迅

主持人:谢谢黄先生,黄先生对于阎老师这个书肯定得非常充分,我们都能听出来他的赞美是非常真诚的,发自内心,而且讲得非常具体。二是他对这个书提出了很多中肯的意见。黄先生和阎老师真的有惺惺相惜,英雄所见略同,从他们对于鲁迅很多生活细节,包括疾病这样一些题目共同地关注,这样共同的一些发现,可以看出他们团结在鲁迅周围这样一些研究，惺惺相惜的感觉特别让我感动。为什么鲁迅还在，鲁迅的意义还在是理所当然的，但是还应该更多出现在我们的日常生活中，文化中，课本学校教育中，这样鲁迅的意义，价值才会不断得以凸显。

现在要请出本书的作者阎晶明老师。阎老师他自谦不是那样的一个专业性的研究，我觉得他也找到了一个研究鲁迅自己的方法，学术散文，从这样的一个切入口进入研究。他用这样一个平易近人的方式，可能性强的方式，更多是在履行文化使命，怎么样使鲁迅不成为一个简单的偶像，简单的雕塑，使鲁迅真的走入我们所有人心中，成为中华民族文化有机组成部分，永远焕发他的光芒，这是让我特别感动的。我还是请出阎老师自己谈谈他的感受。

阎晶明：谈一谈刚才听了两位，包括饶翔所讲的感受，有一些想法他们说得比我想的，甚至比我写得更准确，更高更深。其实我也有点不太愿意把这本书说的全是小中见大，从细碎入手写点琐碎日常。至少我写的时候并不是想搜罗这些东西。比如我在写关于鲁迅与酒，开篇我就说五六年前我写了一篇关于鲁迅吸烟的文章，引起反响，实际我已经真的准备好写酒了，就担心被误解成鲁迅俗生活的专门探索者了。所以我就没写，一直搁了五六年了，我想等烟的那个所谓的说法完全过去了我再来谈酒，而且我一再要说，进去的看似细枝末节，出来的至少我的愿望绝对不是满足于探索这些生活的琐碎。

但是，再高的问题我还真的没有想太多，只是说它们同鲁迅的精神、思想、创作的关系。李文儒先生刚才给了一个更高的站位，我觉得这个站位对我来说，我是有这个意识的，但是是模糊的。其实他讲的跟我这个书看起来没有直接联系，实际存在着必然一种联系，我们最后达到的就是那个境界。那个境界是鲁迅对待传统文化，对待外来文化，他的态度也是他的目标是什么？不管是批判还是继承，不管是拿来还是怎样拿来，总之都是为了他所处的那个时代的中国，这一点责任在鲁迅身上真的特别重要。

刚才黄乔生先生所讲的这些，实际上跟我的想法是一样的，并不是说我们在寻找这个呼应点，而是说在寻找我们都认为在今天我们如何继承鲁迅，发扬鲁迅精神的一些关键点。中国不缺乏鲁迅研究的人，就是饶翔刚才说的凡是学现代文学的人第一课是鲁迅，最后发现唯一的一课就是鲁迅，真正想研究翻不过鲁迅这座山。在这种情况下真的中国不缺乏鲁迅研究专家，但是在全社会弘扬，我觉得鲁迅研究界还是有责任，或者说我们还没有完全尽力，我有时候把自己假想成这样的专家或者专业者去写这样的文章，就是希望我这些文章不是给像两位一样的鲁迅研究专家看，所谓的材料也只是证明我读了，没有任何一份材料不是只有我有，其他专家没有的，我只是一个汇总者，但是我想说的那个点就是真的我希望鲁迅不要仅仅作为一个作家，不要仅仅作为一个鲁迅研究者的研究对象而存在，他应该是一个民族的标识，是一个国家的骄傲，所以我那个文章在一开始序里面的文章也提到了，我有时候很惊讶，连我们文化界，学术界，甚至社科界的一些人对鲁迅的看法也让我们很惊诧。有一次我参加出版基金的评审，其中有一本《鲁迅大辞典》，部分评委都说鲁迅一个作家还编词典有什么必要，我现场据理力争，英国人可以为莎士比亚甚至可以为一个作品《哈姆雷特》编辞典，中国为什么就不能编鲁迅辞典。这件事给了我一个很大的震撼，我觉得鲁迅的这种精神真的需要弘扬，还要从我们周围做起，还不是说社会大众怎么样，真的有了决心要写这样一个文章，而且希望有更多人读懂。我们到了国外，到俄罗斯，你看俄罗斯人的态度，乔生先生说故宫参观的人太多了。你去俄罗斯看普希金的故居，我们买了票拿了蓝牙耳机，最后一看排的长队根本没指望，12 点都进不去，据说每天都是那样。我有时候想鲁迅什么时候能在中国有这样的一种地位，有这样一种影响？鲁迅对中国人，对中国文化的剖析肯定超过普希金对俄罗斯文化，我觉得这就是“鲁迅还在”，还不在，还在不在，这些问题在我心目中的萦绕，也是我写这些文章的出发点。

我写鲁迅为什么不写故宫，后面专门写了一个附注说明这个文章从哪来的，正与李文儒先生任故宫院长时邀请有关。但这不是一篇游戏文章，我是确认鲁迅真的没有兴趣，没有专门刻意去写过故宫，但是他又对故宫有态度或者怎么样？想到这些问题，我才敢立这个题目，否则人家说你怎么说鲁迅不写故宫，我给你拿两篇文章，为这个我得再把书多看一遍。通过一些小事我能感受到鲁迅，当年很多人都从故宫哄抢文物，但是鲁迅一件文物没拿，就拿了一本德文书回去翻译，他认为这个东西对当下的中国人是有用的，对当下中国文化革新是有用的，他就只带了那本书，给我很大的触动，我觉得这个题目是成立的，我是这个意思。

包括我写酒的文章，我不会把他写成一个酒鬼，或写成一个拒绝酒的人，都要实事求是，这些都是诉求，诉求的根本看出他通过这个东西到底表达了什么。我后来发现一个很大特点，我写文章最后一部分还是有点重要的，就是说明你看鲁迅的生活里面抽烟，即使克制一天也要抽到 30 支，去世前一天还在抽烟,他得的是肺病,戒掉却是做不到的。他对酒是无所谓的,都是应酬性的。但是文字里,作品里面他写到烟有,一般都是自己点了一支烟,写下令正人君子深恶痛绝的文字。鲁迅的小说里写酒的地方特别多,而且你会发现他通过酒,酒壮夙人胆,阿 Q 喝了酒胆子很大,敢骂娘,一清醒又很害怕,是对国民性挖掘的一个点,我通过这些研究发现至少这是一个角度,还是有话可说的,而且我认为我的理解不是强加于鲁迅,是符合他创作的,符合他作品实际。

这本书里面这些文章,刚才乔生先生讲总体是一致的,可以叫勉强,非要归类就叫学术随笔,也是不平衡的,我原来想把前面的长文章再吸纳五六篇,后来我想继承鲁迅精神要多方面继承,鲁迅也是长短结合,他的杂文集有几百字的,也有万字论文,我们就无妨长短结合,也算一个阶段性的总结之作。

我刚才听了以后觉得更有信心再继续写下去,其实我前一段在接受《中华读书报》采访时也讲过,我还有两个题目个人认为还是值得一做的,一个是刚才两位提到的鲁迅的疾病史,可以写成一本书,现在资料远远大于文章,这个文章大概两万字出头,我写到十万字一点问题没有,包括他对中医,西医,对医生的态度,那个也是一个很复杂的话题,可以再把它们好好挖掘一下，包括他在过程当中很多的机遇，包括他的生命观、人生观、幸福观、家庭观，都有，我准备稍微有点时间写成一本书。

另外，我特别同意二位所讲的，我们现在研究鲁迅是在研究五四，也是在研究中国新文学，中国新文化。对中国现代文化而言，鲁迅既是起点又是高峰，这一点还不够，这个方面还准备再做点思考。而且说实在，鲁迅逝世八十周年文学馆的会上我也表达过这个观点，中国新文学最高峰就是鲁迅，之前的努力都是朝着鲁迅来的，之后的努力成就都是鲁迅的余波，鲁迅本人也是朝着"鲁迅"这个符号去的，我在这方面也有一点点想法，当然这是很大的一个题目，今后还想再继续做。今天听了你们两位讲述我还是很有触动，我还可以站位再高一点，掌握的资料再多跑多请教。希望鲁迅研究的文章更能够和大众结合，包括二位刚才谈到这些和当代文学、当代文化结合，和当代社会世相结合，那才叫"鲁迅还在"，其实大家都应该有这样一种意识，如果这样的话我觉得鲁迅精神的社会化，包括鲁迅精神对全社会的认知度，这种推广就会更有力度，更有可能。大家都在批判谁又骂鲁迅，非常不满，我说你们都是持同样观点的人，说了半天骂鲁迅的人都听不到，应该把这种声音向社会上去说，到更大范围内去说,这样才有可能,不能光在会议室里边抱怨,抱怨完了大家散了,又去写各自评职称的论文,这样不行。

写不完的鲁迅

主持人:谢谢晶明老师。阎老师发言非常诚恳,交心式的,从两位先生得到的启发,他的讲话特别立志,未来我们还期待他更厚重的作品,写一个 10 万字以上鲁迅与鲁迅疾病史。阎老师当年读过鲁迅研究的研究生之后,那个时候 80 年代研究生特别少,他没有选择留校成为学院意义上的鲁迅研究专家,他的老师特别痛心疾首,说你怎么不做学问,把鲁迅研究的学问做下去。阎老师选择了进作家协会,一步一步,第一个底子在,志向还是在,虽然没有在高校做专业研究,以他的方式仍然做这样的鲁迅研究的工作,这个特别值得肯定。

李文儒:刚才晶明兄讲到这两个打算,其实我觉得是当下非常需要的两个切入点,鲁迅的疾病史从这个角度,生老病死最容易走入大众,每个人都感同身受,只有这样才能让鲁迅真正走到普通人里面。为什么这个重要呢,因为我接触到不少人,很多搞经济,政治,自然科学的,和鲁迅的隔阂挺大，其实他并没有读或者没有读进去，没有读懂鲁迅。更多时候是道听途说，鲁迅这样那样，好多不切实际甚至是不着边际的话，这样反省搞文化文学，鲁迅研究，现代文学研究的人，自己的责任，也是自己造成的，你不了解我，我也不了解你。你们说我们是"吃鲁迅饭"的，我们就自己吃自己的饭吧，最后弄得大家搞鲁迅研究的人"吃鲁迅饭"，搞其他研究的吃其他饭去了，但是共同的文化大餐没有一起来吃，搞鲁迅的人没有奉献给大家，大家没有更多渠道和媒介进入。你写鲁迅疾病史，现在社会上比较热的，热点，一个是小头，一个是大头。我们想着健康养老，一种是对病的记忆，更多是过度医疗，浪费了国家多少资源和财富，像我们退休了的现在好一点了，前几年我去医院就吃亏了，不每月提一兜药就吃亏了，就辜负了党和国家对我们的关怀和爱护，这是太可悲的事情。还有中医和西医的问题。鲁迅对传统文化，对中医，真正是怎么对待的。现在过度医疗多可怕，所谓的统计数字，不良网站，都为他们弄这些事情，每个人都是受害者，不只是医疗方面的文化，文化深层的问题，写出来肯定有价值，这是中国特有的社会现象，很可恶的文化现象，价值在疾病之外。鲁迅说的很多事情都是在事情之外的价值，并不是本身事情有什么意思。

第二个问题更重要，当代新文化，现代和现代以后的文化之间的关系，有两个词我一听就头疼，“国学”和“儒学”，甚至有一些把小孩穿汉服弄上帽子，戕害下一代，我们不能让小孩子继续受虐待。虐个猫狗我们就愤愤不平了，虐小孩更应该愤愤不平。这就是这两种文化的主义。现在让人担忧的是辛亥以来，五四以来的文化，好像让人不待见了，变味了，而且国学和儒学也变味了，两个变味合起来就一塌糊涂，分不清是非了。你的书后面鲁迅说得很简单，不管是评价标准，价值标准，对我们现在和未来有好处还是没好处，让你活得更好还是活得更差，活着不是苟活，温饱不是奢侈，发展不是放纵，恰恰现在我们只要活着就是苟活，只要温饱了就想奢侈，一说发展就放纵，所以第二个题目，第二本书更有价值，真的要弄清楚这个关系，而且用让人很贴心的角度，很容易理解的，和我们的日常生活能够结合起来，不是那种大学里边学院派不知道说什么，毛主席就讲普及鲁迅，这个任务其实很难，你要是只关心鲁迅，只关心学术，不关心社会，不关心普通人生活状态，很难进去，很难有感觉。

其实我后来想有人指责鲁迅，为什么不去大学里好好教书，鲁迅为这个事情也很困扰的，他也想写点什么东西，他离不开这个社会，跑到上海文化最集中的地方，其实他是知道一些事，老是看中国人中国社会，好像也可能有时候有一种无奈，但是这个问题必须解决，不解决的话，文化的意义在哪里，研究的意义在哪里，学术的意义在哪里，鲁迅的意义在哪里。但是真的很难，就需要像你们这样的，我想第二个题目写得更接地气一些，和我们日常，百年来的状态，到我们衣食住行实实在在的生活里面，可能这个作用就更大了。后来有人说你不弄大的，什么是大什么是小，我们现在从大的里面找不出语录来，小的里面到处都是语录，鲁迅箴言，发行量最大，现在编一个新编，现在闹来闹去出了两个语录，毛主席语录和鲁迅语录，真的是接地气，学术、文化、社会、老百姓、普通人，到底是什么关系，其实关系非常密切，又回到《鲁迅还在》的问题，真的是这样。

黄乔生：我最后表示一下，刚才晶明发布下一本书的计划，我感觉到非常好，这本书出版社马上得接上，因为我觉得晶明先生的学术特点跟我们确实还是不一样的，既是科班出身的鲁迅研究，导师也有名，现在工作是中国作家协会，鲁迅的疾病史这是一个叙事，这个叙事虽然是个人生活史，但是它更是中国现代的社会史，医疗史，可以说是各方面。

李文儒：本来写鲁迅疾病史，写成国人疾病史。

黄乔生：现在包括医院的历史，医学史，都在，晶明先生刚才讲了有一个特点，虽然写的都是小事，但是他站得高，不是纠缠一些烟酒，疾病，而是通过这些烟酒、疾病和一些人的交往，能够以小见大，这一点是我读这个书最深的感受。其中有一篇我刚才忘了说，跟藤野先生那一篇，我也关注过，我们也到仙台访问过，中日之间也有一些争论，为了这篇文章，我觉得您写得好，为什么呢？把鲁迅的回忆录和藤野回忆录对比，以前没有人做过，我们学界也没这么做过，把他们之间的差异，时间的错位，记忆的消失，这是很大的问题。这就是慧眼，站得高，看得远，把一些细小的材料都集中起来。我有一个祝愿，这个疾病史给它写得有作家的文笔，学者的严谨，出这么一部大著，现在是等待拜读。

主持人：我们今天上午的分享会特别成功，氛围特别好，干货特别多，收获也特别多。谢谢几位专家这么精彩的发言，谢谢来参与的朋友，我之前看到吕振先生有一篇书评一句话说得特别好，结尾说，鲁迅还在，希望就在。我再重复一下这句话，鲁迅还在，希望就在。新年与大家共勉，谢谢来参加的朋友，谢谢大家。

（原载《湖南文学》2019 年第 1 期）

在亲切与平凡中理解鲁迅的伟大

——答《中华读书报》舒晋瑜问

【采访手记】

读了阎晶明的新著《鲁迅还在》，才知鲁迅是多么深广的世界。

这显然不是一种学者式的写作。《起然烟卷觉新凉——鲁迅的吸烟史》，起笔引用鲁迅的《秋夜偶成》，先就谦虚地说："对我这样的读者来说，鲁迅这首写于一九三四年九月的《秋夜偶成》，不靠注释是很难一读就懂的。"

实际上他对鲁迅研究所下的功夫，不亚于鲁研专家。不仅仅知人论世，融入了对鲁迅的体贴，甚至也会遥想鲁迅曾经的写作状态。"那些透着感情和思想，充满力道的文字，是在一种怎样的环境和心境中写出的？从上世纪30年代至今，很多谈鲁迅的人，都在描述自己想象中鲁迅看取人间世相的态度和眼光。而时常浮现在我眼前的鲁迅，是一位暗夜里的思想者……"

阎晶明以深情细腻又客观冷静的笔触，耐心地书写他眼中的鲁迅，以及鲁迅独有的魅力，那是鲁迅至今深深吸引他，也吸引我们的重要原因。

也因此，阅读鲁迅的过程不再是冷冰冰的教科书或学术著作中的固有印象，而是亲切自然、生动鲜活、有血有肉，甚至要从纸页间呼之欲出的形象。

这应当也是阎晶明写作的追求之一。

阎晶明在热切地期待并追踪着当代中国文学辉煌成就的同时，始终保持着对经典作家的敬仰和学习。他认为，鲁迅就是当代中国人阅读中持久不衰的经典；他更认为，鲁迅研究者既有学术责任，也有传播鲁迅的责任；在当前形势下，后者责任更为重大，应当让社会公众认识鲁迅对全民族的意义。

近十年来，他努力想从这样的角度进入鲁迅的人生和文学世界：他是在人间烟火中艰难生活的人，更是在凡俗世界里发出不凡声音的智者。他有时靠一些微不足道的嗜好保持着生活的乐趣，又从这些琐屑中透露出豁达的人生观念

中华读书报：在《鲁迅还在》中，您提到，把鲁迅放在当代文化背景下，放在当代文学格局中阅读和研究很重要。其实这种“当下性”贯穿您的编撰思想。《鲁迅演讲集》《鲁迅箴言新编》也是如此。您如此强调“当下”，是否有更深的用意？

阎晶明：我的主业是当代文学评论。但我是学现代文学出身，硕士论文是解读包括鲁迅小说在内的五四小说。在做当代文学的过程中，内心一直保持着对现代文学的关注和观照。

我认为，要理解好中国当代文学，需要同时充分了解中

国现代文学，作为一个整体的中国现当代文学，共同的起点是五四新文学。但是客观上，当代文学在发展中体积越来越庞大，自成体系，现当代文学的联系被忽视了。我想回到现代文学的起点，而鲁迅是中国现代文学的最高峰。

中华读书报：这种倾向体现在哪里？

阎晶明：现在谈当代文学史，大多以新时期文学为起点。鲁迅作为现代文学的传统，在一些作家、包括从事文学史研究的学者中不受重视，不太以现代文学的整体观去做评价。鲁迅研究的当代性、鲁迅的当代意义和价值挖掘得远远不够。

上世纪90年代以来，关于鲁迅的议论从来没有停歇过。这种议论很多时候是无谓的纷争，也或者是刻意的对鲁迅的拉低。有过与鲁迅“断裂”说，有过将鲁迅作品从语文教材里大幅减少说，有过关于鲁迅的各种传闻八卦说……在鲁迅身上赋予太多文学之外的因素，招致不少人刻意的议论，并将之说成是让鲁迅“走下神坛”。另一种情形也并不让人乐观，即很多人只把鲁迅看作作家。鲁迅作为民族精神之魂，远未深入人心。

出现这些问题，鲁迅研究者不能轻视，对贬损鲁迅的言论观点，不能只在学术同道者中表达不满，而应该主动做一些工作，让更多的人了解、理解鲁迅，把鲁迅研究放在当代视野中观照，把鲁迅的当代价值阐述出来。而不是仅仅在研究鲁迅的格局中，我认为这个格局需要突破。

中华读书报：当下鲁迅研究是怎样的状态？很想了解您研究鲁迅的动力。

阎晶明：我敬重那些致力于鲁迅研究的专家，他们的学问很了不起，但是互相关照、互相引用、互相阐发太多，自我重复严重，研究太过刻板。鲁迅研究成就很大，但还是存在一些缺陷，与我们所希望的鲁迅在当代存在的状态有距离。其实我们应当正视的一个现实是，现在大学生，即使是文科的大学生研究生，对鲁迅总体上还普遍陌生。

鲁迅之于中国文化比起莎士比亚之于英国文化，价值、意义、重要性或许更高更大，但人们还没有完全认识到。我希望能够回到原点，做鲜活的、有体悟的研究，这是我想研究并书写鲁迅的原因。

研究日常生活中的鲁迅，这不是专为“独辟蹊径”而刻意选取“低端”题材，而是发觉这其实是“研究”上的一个“空白”

中华读书报：鲁研著作洋洋大观。要想写出自己的独特性，您也下了一番功夫吧？能具体谈谈您的切入点吗？

阎晶明：面对一个经典作家，永远有很大的阐释空间。

研究鲁迅的著作浩如烟海，我选择了一些不是鲁研专家也不是传记作家所注重的点，发现自有剖析的空间。

比如谈鲁迅的吸烟史，看上去是琐碎的细节，但是与鲁迅的创作、与鲁迅的身体、与他的人生观都有关系。我从鲁迅作品、书信文字当中找到和抽烟有关的内容，分析吸烟与鲁迅究竟有怎样的关系，吸烟对他有什么样的影响，对认识鲁迅的性格和生活方式还是很有帮助的。鲁迅吸烟和后来的疾病有关，但他确实不能克制自己，这里同时透露出，他其实也有常人共有的脆弱甚至"自制力"的薄弱。唯其如此，我们更会理解鲁迅是一个生活于人间的战士而并非是超然于"人间烟火"之外的神明。

再比如写鲁迅和他生活的城市，考察他对北京、厦门、广州、上海的评价，最后发现，鲁迅虽然在世俗生活上并不讲究，但他内心对很多东西的要求其实非常苛刻。我要把这点"意思"呈现出来，又不仅仅停留在"有意思"上，要和更深刻的点去结合。可以说，鲁迅终其一生都在寻觅，却最终没有找到一个让他的心灵放松、精神安稳的居住之所。这种身体与精神的双重漂泊，才成就了他这样一位永远的"求索者"。

再比如写鲁迅和酒的关系。鲁迅和烟须臾不能离开，和酒却不是这样。在特定的情形下,酒在鲁迅那里是一种虚拟的说辞,一种“醉翁之意不在酒”的言辞借用。这一点特别体现在鲁迅和许广平的《两地书》之中。他的生活里嗜烟远胜过好酒,文章里却是谈酒多于说烟。在《呐喊》《彷徨》《故事新编》以及他各个时期的杂文、他的演讲、书信里,“酒”都是一个常见的意象和描述对象。鲁迅与酒,其实也是一个流溢着清香、充满着复杂与微妙的世界。

中华读书报:为什么您能从那些看似研究的“漏洞”中寻找到有意思的话题?

阎晶明:其实也不是什么学术发现。比如写鲁迅和两个外国人的交往史,一是藤野,一是萧伯纳,关于这方面的研究早已很多。《藤野先生》被认为是写师生情的经典文章,鲁迅的老师是日本人,但中日关系发生很多变化,并没有影响到人们对这篇散文的主题确定。但我后来读了一篇日本记者在鲁迅去世后采访藤野的短文,奇怪的是,藤野对鲁迅提到的过往经历记忆模糊。他不记得送鲁迅照片,也不记得在照片背后题有“惜别”二字。他对鲁迅的印象,和鲁迅对他的印象完全不同。这就成了有趣的文本对照。我一开始只是想就两个人对同一段经历、同一种情谊的描述不同进行分析,但是在梳理中展开的却是一个非常广阔复杂的世界。这个事实没有消解我对散文真实性的看法,也没有消解鲁迅对老师感情的认识。鲁迅作为当时仙台医专唯一的中国留学生,任何一个人的滴水之恩,他都会涌泉相报。这一点对我触动特别大。鲁迅那一代留学生,包括郁达夫等,他们的个人学业和前途,都和国家的命运相关。

1933 年 2 月 17 日,萧伯纳来访中国,只在上海待了大半天时间,却成为中外文学交流史上的一段佳话。这一天所发生的事情,在后来的八十年中发生了很多叙述与评价上的裂变。我努力希望能够把那个无法复原的被撕裂的故事理清楚。

我选择的话题看似小事琐事,但它们有烟火气,有呼吸有温度,我的努力就是通过阅读和素材积累,找到角度进入并打开更大的世界,将这一切和鲁迅的筋骨、文章、思想建立起必然的联系,这种联系保持着鲜活性和生动性,而不以学术结论为唯一追求。

中华读书报:您在写作中持有怎样的态度?

阎晶明:我是以研究的态度,但是以散文、随笔的写法,尽量用朴实的、有温度的文字叙述,通过这种叙述能让人了解多个侧面的鲁迅。我一直强调,今天的鲁迅研究,不要指望多么独特的、别人没掌握的材料,这方面已经没有什么空间了;但并不是说所有材料都被我们很好的利用。资料就呈现在那里,看你如何整合、理解。更重要的是对鲁迅原著的阅读,这是增进理解的根本。

没有任何作家的研究如鲁迅研究这么庞大。所有这些资料和成果,第一我很尊重,第二保持持续阅读。但不能因为这些庞大的成果就失去自我独立研究的能力和勇气。

"我以冒险的工作,来表达对一位中国现代的伟大作家的致敬。"阎晶明的编撰,姿态很谦卑,但是客观严谨。他认为,"鲁迅精神"是很高远的境界,是现代中国民族精神的精华和凝练。如果我们不能完全学到,无法全部继承,也应在心向往之的同时充满敬意

中华读书报:2017 年您还出版了《鲁迅箴言新编》《鲁迅演讲集》。前者分类共十五种。您的分类十分用心,也非常谨慎。能谈谈您在分类上的具体想法吗?

阎晶明:《鲁迅箴言新编》是对阅读的重新整理。通过这样一种分类,把我对鲁迅研究的每一个方位,尽可能确立下来。当然,用心谨慎,也不见得完全准确。我真正的目的,是希望引起读者阅读鲁迅文章的兴趣,借这些片段摘录而去查到鲁迅原文去整体阅读。

中华读书报:可否谈谈《鲁迅演讲集》? 您认为鲁迅演讲

的魅力何在?

阎晶明:鲁迅的讲演常常是到了现场才道出主题,他的讲演在并不展现“技巧”、显示“口才”的情形下,却令那么多的热血青年为之激动,靠的是什么呢?我们自然可以总结出很多,深刻的思想,讲真话的要求,直面现实的胆魄,等等。这些都毫无疑问是构成鲁迅讲演魅力的根本原因。但就站在“学者、作家及其讲演”这个话题上讲,我以为鲁迅讲演还有另一个非常重要的启示,就是讲演的真正魅力不在于现场的绘声绘色的表演,不在于滔滔不绝的“妙语连珠”,而在于讲演者在讲演背后作为作家的创作和作为学者的研究是否真正可以为其“立言”。讲演在很大程度上其实是“靠文章说话”。

中华读书报:关于鲁迅,您是否还有其他的编著作品在规划出版之中?

阎晶明:《鲁迅还在》里有一篇文章是谈鲁迅疾病史的。发表了两万多字,但并没有完全把我所掌握的资料用尽,也没有完全展开。包括鲁迅对中医的态度,鲁迅对中西医的评价,等等。我想把文章扩充成一本书,这里有很大的空间要阐述。这是最近的写作目标。我一直想写一本书:《鲁迅在1925》,已经思考了很长时间。关于鲁迅的传记很多,但我以为鲁迅的人生有高峰期也有平缓期，他所有经历中，1925 年是一个特殊的高峰。所有鲁迅做的事情，在这一年最集中，最爆发，最惊心动魄。1925 年，鲁迅在小说、杂文、散文、散文诗写作上全面展开。此前他的杂文是抽象的、概念的批判，差不多在 1925 年，他的杂文开始定型，因为他有论敌了，就是陈西滢。如果让我推荐，《华盖集》的锋芒和批判力量让人真正读到了鲁迅的厉害。这一年，他当编辑，也在教书，同时是教育部的“公务员”。这一年，他与许广平开始了交往。鲁迅所有做的工作都是为这一年高潮的到来做准备，之后的所有事情都是这一年的余波。虽然是选取了一年的节点，但是鲁迅一生的东西都有可能囊括进来。

中华读书报：这样的写法肯定会好看，但是也相当有难度。

阎晶明：确实是为自己的写作提出了挑战。按我的理想状态，以纪实性的方式，以散文式的笔法完成一部作品，也一定很有趣，因为极富张力和戏剧性。我的思考相对成熟了，就看如何表述。

“我是专业出身，业余选手。”阎晶明希望哪怕是挤出破碎的精力和时间，也要多做一些事情，希望能够引起人们重新认识鲁迅的兴趣，这是他的追求中华读书报:您自学生时代就研究鲁迅,现在的研究和那个时期的研究显然不同。

阎晶明:学生时代学习现代文学,是茫然的、感性的,也不具有问题意识。我的写法,主要是读原著。资料的引用是一种呼应。

中华读书报:您希望全面呈现生动鲜活的鲁迅,希望当代文学和现代文学之间能作为整体评判,这种背景下的鲁迅研究,其实也带有一种使命感。

阎晶明:研究鲁迅也需要有创作的热情,用心理解,用生命体验,去写作。做鲁迅研究的人,应该把鲁迅形象和鲁迅思想一点一滴地传导给社会大众。学术研究应该和当下有关,我们应当怀着这样的使命感去投入研究与创作。

中华读书报:您如何看待鲁迅在海外的影响?

阎晶明:鲁迅无疑是国际性、世界性的话题,国外很多对鲁迅的研究是通过考据得出结论,努力理解鲁迅的精神世界,把学术研究写成了精彩的故事。对我影响最早、启发很大的是一本《国外鲁迅研究论集》的书,乐黛云主编,出版至今已有 30 多年时间,但它一直是我的案头书。

中华读书报:您对鲁迅的研究,用心且专注。为什么这么多年,您会对鲁迅研究持有这么大的热情?

阎晶明：为什么叫《鲁迅还在》？因为鲁迅在今天还有很强的生命力。你总会在阅读鲁迅和相关文字中有呼应感和独特的感受。保持这种阅读热情，也才能有继续写作研究的动力。

我一直强调鲁迅研究不要局限于在小圈子里打转，不要局限于观点资料摘抄。我们应该将鲁迅的思想、精神、创作、人生，以活的形态表达出来，让鲁迅形象成为一个民族的文化骄傲。

“须仰视才见。”是鲁迅小说《一件小事》里的一句话，是小说中“我”感受到人力车夫愈走愈高大的背影后的感慨。在一定程度上，鲁迅就是中国文化和中国精神的“人力车夫”，他以甘愿蜡炬成灰的品格和默默付出的毅力，为民族性格的铸造奉献出自己的一切。

“须仰视才见”不是神化鲁迅。我们应当持这种态度，能够感觉和认识到他有亲切的一面，也有平凡的一面，而这亲切与平凡中又能读出他的伟大。

（原载 2017 年 12 月 13 日《中华读书报》）

向社会传播鲁迅是我们的文化责任

——答《人民日报》张贺问

《鲁迅还在》,这是中国作协副主席阎晶明为自己新书所起的题目。

两年前,阎晶明去俄罗斯访问,作为俄国文学的热爱者,他希望能参观普希金的故居。但他即使在租了讲解用的耳机后,最终也没能进入普希金故居,俄罗斯观众排起的长龙令他愿望落空,日程紧张,他不可能一直排队等着。阎晶明因此感慨,原来俄罗斯人是这样热爱自己民族的伟大诗人。在得知普希金故居的参观景象几乎每天如此时,他更加心生感慨,鲁迅什么时候能在中国老百姓心目中有这样一种地位,有这样一种影响。作为长期从事鲁迅研究的专业人士,阎晶明特别强调,向社会传播鲁迅是我们的文化责任。

记者:您在书中说:“鲁迅作为民族精神之魂,远未深入人心。”为什么会作出这样的判断?

阎晶明:鲁迅和鲁迅研究在中国现代文学中的地位无比崇高,可以说,凡是学现代文学的人第一课是鲁迅,最后发现唯一的一课还是鲁迅,真正想研究中国现代文学,翻不过鲁迅这座山。在这种情况下,中国不缺乏鲁迅研究专家,但是在全社会弘扬鲁迅精神,我们做得还远远不够。对此,鲁迅研究界是有责任的。

直到今天许多人还把鲁迅仅仅看成是一个作家，但鲁迅的意义和价值又岂是单纯的作家身份所能涵盖的？我还记得，大约10年前，我参加一个图书出版项目评审，有专家说为鲁迅这样一个作家编辞典，有什么必要呢。我立即表态，英国人可以为莎士比亚编辞典，中国为什么就不能编鲁迅辞典？文化界的认识尚且如此，鲁迅在当代社会生活中的影响力就更值得探讨了。

记者：你认为鲁迅精神普及不够的主要原因是什么？

阎晶明：阅读，我们太需要阅读了。鲁迅精神不是由鲁迅研究专家总结出来，让人们拿去使用这些概念说事就可以了，需要真正去阅读鲁迅的文章，感受到他的思想、情感，进而更多地理解他的精神。这样说似乎又太专业了。但我想说的一点是，鲁迅是一位经典作家，即使没有读过其作品的人，也大都知道他是被定义为“伟大作家”的作家，于是不读也懂得那些渐成定识的概念或观点。没有扎实的阅读作为基础，关于鲁迅的认知就无法深入。有时候，关于鲁迅的许多严肃话题无法走出鲁迅研究界，在更大范围内进行讨论，而一些八卦式的、毫无事实和学理根据的油滑之说却可引起一阵喧哗，原因之一就是大家并不精读，就把戏说视为“好玩”。鲁迅研究界的专家们有时候在学术会议上对这些现象很义愤，而我认为大家应该走出书斋，把自己所理解的鲁迅生动鲜活地告诉更多读者，否则，你的义愤就只能是小范围里的抱怨，而无助于大众对鲁迅认识的提升。讲好鲁迅故事，引发更多读者去自发地阅读鲁迅，这是鲁迅研究者的社会责任。

记者：你说鲁迅还在，但鲁迅所面对的那个社会和时代已经过去了，鲁迅对今天的意义是什么？

阎晶明：马克思在评价古希腊神话时使用过的"永恒魅力"一词，实际上适用于古今中外一切可称经典的伟大文学作品。鲁迅当然是直面他所生活的时代和社会现实的作家，但我们要知道，他的作品是文学作品，他在表现现实的过程中，既把目光投注到形成现实的漫长的历史，也把希望寄托于并不遥远的将来。这就使他的作品不但对今天而且对未来都会发生影响。鲁迅的立人思想同样具有深厚的内涵，民族精神与品格的塑造是需要长期努力的宏愿。除了鲁迅文章的"立意"具有恒久性，鲁迅作为中国现代文学既是起点又是高峰的经典作家，其作品的艺术魅力在今天仍然吸引着越来越多的读者，鲁迅的创作对当代文学发展起着重要的启示作用。同时，作为一位在自己生活的年代已经具有世界影响的作家，鲁迅的意义和作为经典作家的价值，是世界性的。

记者：近年来无论教科书增加还是减少鲁迅的作品，都会在社会上引起广泛关注，这是为什么？

阎晶明：我自己曾写文章指出，鲁迅作品在语文教材中的存在本身不应该是讨论的问题，存在多少甚至也不应该像人们争论得那么敏感，应该讨论的是把鲁迅的哪些文章增加到哪一年级的语文教材中。《鲁迅全集》是个庞大体系，选择其中的精要，其既能代表鲁迅的创作高度，又能体现鲁迅创作风格，而且让学生在阅读上更易接受，是应该具备的入选原则。比如杂文《夏三虫》《小杂感》《夜颂》等等，从思想智慧，到文章趣味，再到语言之美，都应当是能引起学生阅读兴趣的作品。时代总是向前，语文教学自然也在改革中前行，可供选择的内容非常多，鲁迅作品在量变上的时多时少，并不具有那么值得争议的地方。其实，应当讨论的是把什么样的鲁迅作品切合地送到学生面前。

（记者 张贺）

（原载 2018 年 2 月 1 日《人民日报》）

细微的材料可以串接起一个重大的主题

——答《北京青年报》木子吉问

答题者:阎晶明

提问者:木子吉

时间:2018年6月

1.《鲁迅还在》一书中你结合自己的"鲁迅阅读心史"主要讲到怎么读鲁迅,"鲁迅还在"是一句肯定语,以此作为书名有何寓意?

《鲁迅还在》是我在2017年出版的新书,但其中的文章先后写了近十年,说是个人的"阅读史"并不过分。这些文章合集时必须找到一个统一的书名,体现书的整体观点,具有一定概括性。为此我和编辑设定了许多名字,都觉得不尽如人意。随手翻阅自己手边关于鲁迅的书籍,从中寻找一点"起名字"的"灵感",最终在一本《鲁迅纪念集》的书中读到四个字:"鲁迅还在"。这不正是我要表达的意思么?我想,自己写这些文章,目的其实就是一个,想告诉读者朋友,作为中国现代文学史上最伟大的经典作家,鲁迅还在!这当然是一个肯定语,但也有强调之意,因为无论在文坛还是在社会上,鲁迅的影响力并没有达到应当具有的高度。即使就谈论鲁迅的言论和文章而言,许多时候会让人觉得还有话说,或更应该那样说。对一个经典作家,人们可以从一百个方向解读,这其中的误读和正解很难有定说。"误读"并不意味着就是

“错误的阅读”，更多时候是“片面的理解”，而片面有时是与深刻相连的。我曾经说过，自己谈鲁迅，常常是想奋起反驳别人的误读，然而，当我把自以为“是”的“正解”写下时，又会发现，那不过是另一种误读而已。《鲁迅还在》在读者中引起一点反响，并不是我本人做了什么特别特殊的研究，而是我坚持认为，当代读者甚至包括文学从业者对鲁迅的认识和理解还很不充分，鲁迅的文学成就对当代文学创作具有实践上的指导意义。他的思想也更应社会化。

2. 这本书语言生活化，没有学术体，比方写到鲁迅的生活、嗜好、疾病，八岁的鲁迅在“屋隅暗泣”哭妹妹，以及与萧伯纳拍照时鲁迅的小心思……你是如何处理和考据这些史料的？

这问题已经回答了多遍，标准答案都快“僵化”了，我的研究是在向前辈学者和当代同行学习的基础上进行的。但我以为，我们对鲁迅认识有固化的倾向。这种固化既具有确立鲁迅地位的价值，但也有自说自话，使鲁迅形象变得不那么生动。一方面是神化鲁迅，另一方面是把鲁迅拉下神坛，进而对其进行八卦式评说，这两种情形分别存在于鲁迅研究和网络上对鲁迅的碎片式评说中，鲁迅于是变成了一个近乎分裂的状况。我认为，研究一个经典作家，不能只关注大问题，也应该注重小细节，大问题不能空洞化，变成学术空转，小细节要防止琐碎片面。“大”与“小”之间的关联才是最重要的。鲁迅的成长，他的人生经历，他在创作之外的逸闻趣事，都应纳入研究的视野。“小”中亦可见“大”，“大”也有“小”的黏合。我的确探讨了一些鲁迅生活中的嗜好和逸闻，但终究还要回到创作中，发现其实这些都与他的创作有关，无论它们关联的是鲁迅的性格还是人生态度，其实或多或少都会在作品中有所体现，或者说，只有在创作中得到体现的“小细节”才会有意义。

比如说我谈过鲁迅与酒之关系，讨论了鲁迅个人饮酒观，得出了鲁迅好酒但并不曾嗜酒的结论，但这本身并没有实质意义。我的重点是，鲁迅其实注意到了酒与文学的关系，有《魏晋风度及文章与药及酒之关系》为证。在鲁迅小说里，一些人物因为酒而在性格和语言上体现出特殊性，强化了他们性格的极致。这一点可以通过孔乙己、阿Q，以及《风波》里的七斤等人物见出。可以看出鲁迅在描写一个懦弱性格或灰色小人物时，如何借助类似于酒这样的道具，表现他们性格中的复杂性。《在酒楼上》等小说因此有了更多、更细微的分析点。这是我要特别说明的。在这一过程中需要防止的是，既要努力改变因为研究大问题而忽略了小细节，又不要对小细节做过度阐释，让人产生鲁迅是琐碎人生积累而被后人故意拔高的。要想把这一点结合做好并不容易。其实我引用的资料，讲述的故事，大都来自鲁迅原著和通常可以方便读到的鲁迅研究成果，以及鲁迅生平资料如回忆文章，等等。一旦确定一个题目和切入角度后，寻找足够充分并可以支撑观点需要，修正和深化认识的阅读变得非常重要。

但我必须说，资料准确运用非常重要，资料的发现和整合同样重要，而且十分必要。我最近刚读到一本叫做《灵台无计逃神矢——近代中国人留日精神史》的学术著作，作者严安生是长期旅居日本的学者，这本坚持中国立场又秉持日本学者治学方法的著作，话题集中，内容丰富，十分耐读。其中一个很重要的启示是，细微的材料可以串接起一个重大的主题，看上去并不直接关联的小故事可以旁证一个重要观点。书中大量的史料是作者在主题引导下广泛搜求所得，它们的整合过程也是一个发现和互相照亮的过程。与之相比，自己重在引用大家熟悉的资料行文，尽管稳妥，但毕竟在独特性和深广度上受限。这是今后要努力的。

3. 鲁迅所面对的那个社会和时代已经远去了，你认为今天谈鲁迅精神的最大意义是什么？

鲁迅的当代意义正是需要我们探讨和强调的。一个作家所描写的时代过去了,他所表现的生活一旦成为文学形象和文学故事,这种生活就不会过时,这种不过时,不仅因为它有认识那一时代及其生活的价值,更具有人生哲理和情感上的启示价值。意大利作家、批评家卡尔维诺能够从古罗马时期的《长征记》中读出当代人所具有的焦虑感,仿佛这些遥远的作品是当代人所写,就是这一道理。当代人的生活五光十色,但从诗经到唐诗宋词,人们却可以找到足以表达自己内心世界的词句。即使就当代而言,路遥《平凡的世界》所描写的农村青年走不出土地束缚且为之努力拼争的生存状态,40年后的今天早已不再。高考的录取率已达80%以上,再加上参军、打工等等,乡村普遍存在空心化问题,鼓励青年返乡创业才是时代主题,但这并不影响路遥小说的影响力。除了认知作用,不同的生活中寻找到相同的精神和情感内涵,才是文学魅力的体现。

鲁迅离开我们80多年了。鲁迅对现代性中国的期待与他对国民性改造的实践要求密切相关,他呼唤改变历史的革命,但他对革命有清醒的认识,那些即使参与其中却对革命懵懂无知的阿Q们,令他“哀其不幸,怒其不争”;那些把挂招牌当作革命成功标志的“革命家”,因为辫子的有无而生活在恐惧中的人们,在他笔下既有辛辣的讽刺,也传达某种深刻的悲哀或同情。一方面,鲁迅揭示的主题,描写的世相,揭露的人性,有一些即使在今天也不能说完全消失;另一方面,经典作家作品中超越历史情境的形象与思想,可以不断传承并对后来的创作者以启示。“鲁迅还在”,因此具有双重或多重含义。鲁迅从未离开过我们,鲁迅在不同时期被突出为某种形象而存在于我们中间,鲁迅在不间断的存在中有许多值得珍视的精神和思想被有意无意地淡化甚至忽略了,必须强调一个更加接近鲁迅自身的鲁迅形象。

4. 你提到《狂人日记》里的狂人是孤独者,“孤独是不衰的文学主题,也是作家创作的心灵根基。”这是否是对当代小说的创作理念有所隐忧?

上世纪80年代初,当我作为一名研习鲁迅与中国现代文学史的研究生开始阅读鲁迅研究著作时,正是鲁迅研究掀起热潮的时期。新版《鲁迅全集》发行,鲁迅研究的学术丛刊、杂志,研究鲁迅的丛书不断涌现,让人有目不暇接之感。也正是在那时,读到了王富仁《中国反封建思想革命的一面镜子——〈呐喊〉〈彷徨〉综论》这样具有划时代意义的雄文,激发起对鲁迅作品深入研读的兴趣。毕业后的30多年,一直在作协系统工作,办刊办报,研究研讨,工作中的专业部分都转移到了当代文学。但我一直以为,中国现当代文学在很大程度是不可分割的，这不是一个百年文学史的时间问题，这是因为现代中国从起点上提出的问题和追求，直到当代很长时期仍然存在，仍在探索。文学自然是同样，它们在精神上有同时代的相通处。这也是鲁迅研究当代意义的一部分。从这一角度讲，我认为鲁迅研究在成果丰富的基础上，应当走出书斋，向当代文学的实践发话，研究成果，无论是鲁迅思想、鲁迅精神、鲁迅的创作与艺术成就，都应对当代作家创作产生有效的启示，文学的薪火相传自有内部的专业要求，而非泛泛的口号提倡。

今年是《狂人日记》发表一百周年。狂人是最早的觉醒者，但他缺少真正抵抗的力量，最终还是回到"候补"的老路上去。可以说，鲁迅在塑造这样一个划时代人物的时候，对其反抗对象的根深蒂固，对清醒者的最后结局，有着深刻认识。从这个意义上讲，即使狂人的清醒更多是以受害者的恐惧表现，尽管他后来"治愈"后回到老路上去了，但那短暂的清醒已经是历史转折的标志。"孤独者"并不是指孤立的个体，恰恰是个人与社会之间关系张力的表现。

5. 此前关于鲁迅退出中学语文教材的话题被广泛热议，学生在教材里几乎读不到几篇鲁迅的文章。新高考改革即将开启，把鲁迅选入必考教材篇目还是纳入到自愿阅读书目

中，你对此怎么看？

目前高中语文教材里有三篇鲁迅作品，分别是《拿来主义》《记念刘和珍君》《祝福》。看目录，应该已经是教材文章作者里最多的了，在课外阅读中，还推荐了《呐喊》《彷徨》等鲁迅杂文。我个人以为，对鲁迅的学习和传承倒不能以收入教材的篇目多少来论断。还要看收入其中的鲁迅作品切合度如何，我一直以为，对中学生来说，如果教材里或辅助教材里，能收入鲁迅的《〈野草〉题辞》《夏三虫》《秋夜》等杂文，《药》《孔乙己》《风波》等小说，应该更能激发学生对鲁迅作品的热爱。

6. 新媒体文学及其产业化飞速发展，带来海量作品与便捷阅读，你怎么看文学传统和创新？

新媒体给社会生活带来的改变是全方位的。创作和传播手段的改变，让文学阅读发生了很大改变。网络和手机迅猛发展过程中，首先表现出来的是对传统纸媒的冲击，人们非常担心甚至已经出现这样的声音，即传统的文学出版物以及与之密切关联的文学写作将会式微。但其后的发展却是另外的情形，科技为文学插上翅膀而不是阻碍其前行。新媒体环境下，从事文学写作的人成倍增长，文学作品更是在数量上达到惊人数字，几乎是几何级数的增长。文学期刊和文学图书也并未因此减少，优质文学出版物仍然是作家努力的目标和读者追捧的对象。文学传统和创新并不是按照媒体的传统与现代来区分的。有一个现象值得注意，网络文学更注重讲故事，而且中国传统文化和历史人物事件，常常是网络文学的重要题材。我曾经在评述一部古代题材的网络小说时说过，历史和传统才是网络文学的热点地带。

7. 你认为当下青年作家的学养如何，对青年作家来说应该担当的责任是什么？

学历普遍都很高，而且出身也未必是学中文的，但从学养上讲，当代作家都有迫切需要。因为时代发展太快了，科技、文化、传媒、信息，社会分工越来越细，专业化程度越来越高。作家还能不能在文化上代表一个时代的高度，在思想上能不能体现出特殊的深度，在观察上能不能表现出职业的敏锐，在艺术上展现出专业的魅力？当今时代，作家认识生活、表现生活遇到了前所未有的挑战，提出了太多的难题。没有文化的充分准备，想要表现出这一领域的生活，都会变成一个难题。每一个作家都应该感受到了这种专业的压力。类型小说在今天如此流行甚至体现出优势，很大程度上与创作者在专业上的理解力、表现力有关。类型小说更有“专业小说”的趋势而不是通俗小说。

8. 平时有哪些阅读偏好?

中国现代文学是自主选择,对当代作家作品的阅读还包含了职业需要的成分。理论著作也是必需的,包括一些哲学著作。

9. 近两年,进宫刷豪展,以及《我在故宫修文物》《国家宝藏》等等纪录片受到热追,你如何看待文化传承以及文化自信?

当代人对待传统文化,首先是尊重学习,进而要分析甄别,然后是继承弘扬。需要强调的是,继承弘扬的应当是优秀传统文化。这一过程中具有很多复杂性需要区别对待。比如说我上个月参加了全国政协的双周座谈会,话题是关于古城镇古村落保护。各种意见都有,各种方案都是个案基础上的总结,一旦用于指导全部恐怕就会出现新问题。比如一个古建筑早已破败甚至消失了,后人应不应当去重建?有专家否认这一做法,认为是造假。但我们知道,一些天下名楼,如大雁塔、滕王阁,都有过反复重修新建的经历,如果一味反对,那很多历史遗迹早已无从观赏到了。关键是不要过度追求修旧如旧,而要敢于立"重建碑"。这也是文化自信的一部分吧。

10. 作为球迷,你会怎么度过世界杯这样的"足球狂欢节"?

我算是真球迷吧,几年前还出版过一本足球评论集

《千面足球》，当然是业余的敲边鼓。不过我在得到任何文学奖之前，曾得到过《足球》报的征文奖，也是一件有趣和开心的事。我所有的球评文章都是通过自然来稿被选用的，这很有意思。说到写球评，与《北京青年报》也有渊源关系。我的可称“最后”一篇关于足球的文章，就发表在《北京青年报》上，题目叫《当球迷变成彩民》，意思是，随着足彩的出现，球迷对某一球队的判断和看球时的心态很容易发生变化，变得不纯粹，球评也因此变得不重要了。至少我自己从那以后就不怎么再写成型的球评文章了。当然，看球的爱好和习惯一直坚持着。世界杯期间，努力当好一个忠实球迷吧。

11. 未来三至五年的创作规划是？

有很多选题。目前最想完成的，是写一部《鲁迅的疾病史》，全面系统梳理鲁迅生命历程中的疾病、治病过程，包括他对中西医的真实态度，讨论疾病在其创作中的潜在影响。

（原载 2018 年 7 月 3 日《北京青年报》）

经典的炼成

——从《孔乙己》发表100周年说起

今年是五四运动一百周年。这场影响中国历史发展进程的爱国运动,同时又标志着中国由漫长的封建传统社会进入现代社会。回顾五四历程,这场运动的伟大会不断评说下去。

五四与鲁迅可谓互相成就

纪念五四运动、发扬五四精神十分重要。五四运动是一场爱国运动,同时是一场新文化运动。五四运动的领导者、先锋人物很多都是文学家。鲁迅作为五四新文化运动旗手的地位和作用更是不可替代的。理解五四,就要读懂鲁迅。毫无疑问,鲁迅是一百年来现代中国最重要的经典作家。读懂鲁迅,同样有助于深刻理解一百年来的中国现代史,理解五四在中国历史上的重要地位。

我以为,五四与鲁迅是一种互相成就的关系。没有五四,就不会有鲁迅思想和文学上的爆发,没有五四这个划时代的背景,鲁迅与所处时代的关系就可能不会像今天看到的这样密不可分。或者更准确地说,正是五四运动的风起云涌,成就了鲁迅成为历史转折时期最具经典地位的作家。

同时,鲁迅也在很大程度上成就了五四。正是因为有了鲁迅，五四的思想深度，文化追求的高度更加具有划时代的意义。五四运动有突发事件，有导火索，但同时，五四也是一场新文化运动，是一场以改造“国民性”为目标的追求思想解放的运动。从这个意义讲，鲁迅的高度不但代表了五四新文学的高度，甚至也代表了五四新文化的高度。

鲁迅身上具备经典作家最具标识性的特征

经典作家具有很多值得深究的特质，鲁迅身上也很典型、很内在地体现了这些特质。

一是可以让人从一百个方向去探究，而且窥探越多，空间越大，可研究的话题也越多。经典作家的作品有无穷无尽的阐释空间，他们的人生经历一样让人评说不已。经典作家身上往往有很多谜局，很多未知的、有争议的、不可考的内容诱人深入，但这种不可考、有争议是自然形成的，有如宿命般的结果，不是同时代的哪些人刻意炒作出来的。如荷马、但丁、莎士比亚、孔子、曹雪芹等等，都是如此，他们的身世本身就有很多值得深究的地方。“说不尽的莎士比亚”就含有这样的意味。恰恰是这些谜一般的人物，写出了最伟大的作品。鲁迅的一生中，也有很多纠缠不清的谜局让人费解。如鲁迅与周作人的兄弟失和，鲁迅与陈西滢、梁实秋、高长虹等人的恩怨论争，鲁迅与朱安的婚姻，等等。当然，鲁迅的弃医从文，参与过的各种社会活动，他的思想历程，更是值得研究和探讨的话题。现代以来，还没有一个中国作家具有这样的复杂性。当然也正因为是鲁迅，他的心路历程才会让人津津乐道，追踪不已。

其次，经典作家的创作，对自己所属的国家、民族，对自己所处的时代具有强烈的责任感。所有的经典作家，都是自己时代的书写者，只有把他所处的时代写好了，才有可能流传下来，才有可能具有永恒价值。鲁迅的创作很重要的一条，就是他始终遵时代之命，充满了使命感与责任感。鲁迅的文字充满了对自己所处时代的深刻理解，同时又充满了未来的殷切希望和对现实的无情剖析，包括对自己的无情解剖。鲁迅是最自觉地按照时代的要求进行创作的作家，他自称自己的创作是“遵命文学”，呼应着时代发展和进步的要求。从辛亥革命到五四运动，一批又一批仁人志士，一方面要完成政治革命，另一方面要把大众的精神从旧的束缚中拯救出来、解脱出来。鲁迅的小说，描写了旧体制对人的压迫，他批判国民性中的奴性与软弱，但也时刻铭记着文学要给人以希望和力量。如《药》在残酷的悲剧性的描写中，以夏瑜的坟上“平空添上一个花环”给人以希望。“因为那时的主将是不主张消极的。”(鲁迅)《故乡》关注的是人心的隔膜,“我”是辗转辛苦而生活,闰土是麻木辛苦而生活,其他很多人是恣睢辛苦而生活,充满了悲凉的色彩。但小说的最后,鲁迅不但寄希望于“我”和闰土的后代不再隔膜,而且发出了“其实地上本没有路,走的人多了,也便成了路”的寄语。一句看似非小说的语言,正是鲁迅坚持遵时代之命的体现。《狂人日记》的主题是批判“四千年历史”的“吃人”本质,小说的最后发出指向未来的振聋发聩的呐喊:“救救孩子……”由此可以看出,鲁迅是一个充满强烈时代使命感和社会责任感的作家,他是文学家,同时也是思想家、革命家。他的内心世界充满了悲剧感、悲凉感,常常怀疑自己的人生,但他却时时告诫青年,不要受他的影响。他希望这个社会能够变革。他说,如果这个社会的重重问题能够得到改变,他宁愿自己描写和批判这些现象的文章速朽。

其三,经典作家必须在艺术上代表一个时代的文学高峰。鲁迅的高度,他的作品,以及他的精神高度,就是中国新文学的高峰。鲁迅既是一名思想上的先觉者,也是一名实践上的先行者。1918 年,鲁迅发表了中国现代文学史上第一部现代小说《狂人日记》,小说的主题是批判性的,在写法上使用了白话文，艺术上充满了抒情性、象征性，开创了完全意义上的中国现代小说先河。鲁迅是杂文文体的开创者和集大成者，对现实的批判，类型化的描写，讽刺的笔法，成了后来者的范本。鲁迅还是中国现代散文诗的拓荒者，《野草》在一定程度上达到了散文诗的最高境界。后人再写散文诗，在很大程度上都是对《野草》的致敬，是对其或直接或间接的摹写。

鲁迅不仅是一位优秀的作家，还是一位杰出的翻译家，鲁迅翻译作品的文字量也几近于他创作的文字量。他的翻译观与他的写作观是一致的，都是首先考虑中国社会的需要，所以他愿意介绍“被压迫的民族中的作者的作品”。在谈到文学翻译和交流的目的时，鲁迅曾谈道，“我的作品，因此能够展开在捷克的读者的面前，这在我，实在比被译成通行很广的别国语言更高兴。我想，我们两国，虽然民族不同，地域相隔，交通又很少，但是可以互相了解，接近的，因为我们都曾经走过苦难的道路，现在还在走——一面寻求着光明。”同时，鲁迅还是一位文学编辑，主持出版过很多文学刊物和丛书，也支持和帮助过很多青年写作者。鲁迅对古典文学深有研究，大如写出了《中国小说史略》，小如花十一年时间整理和抄录了《嵇康集》。鲁迅对多种艺术颇具造诣，深有研究。他是公认的中国现代木刻运动的倡导者,在美术上做出了独特贡献。他还是一位艺术设计师,从校徽到图书,留下了宝贵的遗产。

阅读鲁迅,一个重要的课题,是如何理解鲁迅是中国新文学革命的旗手,为什么说鲁迅是中国现代文学的最高峰。这还要回到如何理解五四的独特的历史作用。

五四前后,先进知识分子对旧思想旧时代展开了批判和冲击。五四虽然不是一场武装革命,但它与辛亥革命的最大区别,就在于五四运动中,"觉悟的革命者"力图带来一次全民族的"全面觉醒"。这个觉醒,包含了太多的内涵。鲁迅就是其中的杰出代表。鲁迅小说的最大价值,正是努力寻找人的觉醒的途径。改造"国民性",改造的就是众多的不觉醒者的麻木与愚昧,批判的是阻碍寻求觉醒的势力。少数觉醒者在觉醒之后的孤独,一样也是鲁迅小说表现的主题。

今年,是鲁迅小说《孔乙己》发表100周年。《孔乙己》在鲁迅小说里的价值如何理解,孔乙己这个形象,他的性格,他的命运同从辛亥革命到五四运动的时代精神之间有着怎样的联系,十分值得挖掘和分析。同时,我也想借对这样一篇产生在五四背景下的小说的分析,探讨鲁迅在五四新文化运动中的独特地位。

五四之前鲁迅的三篇小说

五四前夕,鲁迅一共创作和发表了3个短篇小说。

《狂人日记》是中国新文学的宣言书,是中国现代小说的第一篇作品。它发表在1918年5月的《新青年》杂志上,比五四运动早了整整一年时间,对于《狂人日记》的时代意义,人们讨论很多,它的宣言书和里程碑意义早有定论。第二篇就是《孔乙己》,小说发表于1919年4月的《新青年》,第三篇小说是写作于1919年4月的《药》,发表在五四当月的《新青年》。《药》因为其中有革命者的形象,小说与时代的关系也多有评说。或许《孔乙己》是个"例外",而它又正好处在另两篇小说的中间。如何分析和理解《孔乙己》,于是就成为今天仍然需要讨论的话题。

《孔乙己》是鲁迅在《狂人日记》之后创作的第一篇小说,也就是鲁迅的第二篇白话文小说。鲁迅在《呐喊·自序》里曾经讲过,《狂人日记》发表以后,"便一发而不可收,每写些小说模样的文章,以敷衍朋友们的嘱托,积久了就有了十余篇。"事实上,这个"一发而不可收",从《狂人日记》到《孔乙己》估量的话,还并非是密集的"不可收"状态,因为两个短篇小说之间，居然间隔了将近一年时间。当然这是按照作品末尾标注的日期（“一九一九年三月”）计算的。据《鲁迅全集》注释介绍，鲁迅小说当年在发表时都是没有标注写作日期的，文末的时间都是作者在编辑成集出版前所加。1919 年 3 月 10 日的鲁迅日记，记有“录文稿一篇讫，约四千余字”，据注释，此文稿即是《孔乙己》。

事实上，《孔乙己》的写作时间应该在 1918 年冬天。《孔乙己》发表在 1919 年 4 月的《新青年》第六卷第四期上。发表时，篇末有鲁迅的《附记》如下：“这一篇很拙的小说，还是去年冬天做成的。那时的意思，单在描写社会上的或一种生活，请读者看看，没有别的深意。但用活字排印了发表，却也在这时候，——便是忽然有人用了小说盛行人身攻击的时候。大抵著者走入暗路，每每能引读者的思想跟他堕落：以为小说是一种泼秽水的器具，里面糟蹋的是谁。这实在是一件可叹可怜的事。所以我在此声明，免得发生猜度，害了读者的人格。一九一九年三月二十六日记。”孔乙己是那样的特别，一个不得不偷书而换酒喝的读书人的遭遇，鲁迅却担心有人来对号入座，这其实是鲁迅对孔乙己这类人物在当时社会上普遍性与典型性的认知。

《孔乙己》在鲁迅小说中的地位

《孔乙己》实际字数不过 2600 字，但它在鲁迅小说里所占据的位置却是很高的。首先是因为鲁迅本人比较偏爱。据孙伏园发表于 1924 年的《关于鲁迅先生》一文记述道："我曾问过鲁迅先生，其中那一篇最好，他说他最喜欢《孔乙己》，所以已经译了外国文。我问他的好处，他说能在寥寥数页之中，将社会对于苦人的冷漠，不慌不忙的描写出来，讽刺又不失显露，有大家的作风。"

作为五四之前的三篇小说，把它们视作一个单元，或放置到一起比较评价是很自然的事，鲁迅当年就是这么做了。孙伏园已经指出过，《孔乙己》的创作目的"是在描写一般社会对苦人的凉薄"，所以他认为，在《孔乙己》里，对那些活动在咸亨酒店并拿孔乙己开心的人，包括酒店的掌柜，其他顾客，邻舍的孩子们，鲁迅的描写并没有将他们置于《药》里面的康大叔、驼背五少爷等地步，将他们的恶意直接显露出来。也就是说，《孔乙己》营造的氛围并不那么剑拔弩张，欢乐中的悲凉，热闹中的酸楚是小说制造出的环境。孙伏园认为，这种区别在于，《孔乙己》和《药》分属两类不同的小说，主题上是有差别的。"《药》的主人公是革命先烈，他的苦难与国家民族命运所系，而《孔乙己》的主人公却是无关大局的平凡的苦人；另一方面则是作者态度的‘从容不迫’，即使不想写《药》当时的‘气急虺隤’，也还是达到了作者描写一般社会对于苦人的凉薄的目的，鲁迅先生特别喜欢《孔乙己》的意义是如此。”

顾农先生在《重读〈孔乙己〉》一文中认为，鲁迅对《狂人日记》《孔乙己》《药》三篇小说的态度，是值得分析的。既然《孔乙己》是鲁迅本人最喜欢的小说，可是为什么1935年鲁迅编选《中国新文学大系·小说二集》时，却选了《狂人日记》和《药》而独没有选《孔乙己》？可是早在1933年，鲁迅编选“自选集”时，首先就选了《孔乙己》，却没有把《狂人日记》和《药》选入。“这好像是奇怪的。”顾农先生说。不过他对这一问题的分析还是深得我心。他认为，编选小说二集时，“鲁迅采取的是史家的立场，为表明‘文学革命’之初新兴的中国短篇很受了外国文学的影响，遂影响及于作品的取舍。正如鲁迅后来所说，五四‘新文学是在外国文学潮流的推动下发生的，从中国古代文学方面，几乎一点遗产也没摄取’，《狂人日记》和《药》受外国文学的影响非常明显，体现了那时的潮流；而《孔乙己》比较多地摄取了中国古代小说的遗产，虽然在艺术上更优秀，在当时却不具代表性典型性。而到从事《自选集》

时，就不必考虑这样的因素了。”

这是从小说形式上说的，从主题上讲也是如此。“《狂人日记》和《药》的主题都与时事非常接近，更直接地说就是时代精神的号筒，《孔乙己》注意的是国民性深处的问题，不那么热门，因此也就不是最能代表五四的主流精神，这大约又是不必选入《小说二集》的一个原因。”

“《狂人日记》和《药》当然具有重大的时代意义，在艺术上鲁迅对这两篇都有不大满意的地方，他曾说过，《狂人日记》‘很幼稚，而且太逼促，照艺术上说，这是不应该的’。所谓逼促，就是指急于表达主题而在艺术上显得过于紧张，倾向过于外露，缺乏余裕；《药》也缺乏从容不迫的气象。”

从这些论述中，我们也可以看到，《狂人日记》《孔乙己》和《药》这三篇小说，还是有同构性的，这种同构性，就是它们都是在五四爆发之前创作和发表，它们与时代的关系都很密切，但是在表达方式上又有各自的不同，艺术上也各有侧重。所以不能说鲁迅最喜欢《孔乙己》就意味着他持《狂人日记》和《药》反居其次的评价。事实上，艺术评价和与时代相结合的评价，在鲁迅那里有区别，但没有明确的你高我低。这里所说的鲁迅“最喜欢”主要是指在艺术表现这一点上。作为遵时代之命的文学家，鲁迅当然非常看重《狂人日记》的宣言书作用和《药》的革命主题。作为小说作品，鲁迅一定认为《孔乙己》更成熟、更完美。而且，《孔乙己》与时代精神，与五四的时代要求之间有着内在的联系，本质上是一致的，但考虑到其他一些因素，鲁迅在当时没有特别强调《孔乙己》的价值。

《孔乙己》的艺术特点

鲁迅一向对自己小说在艺术性上的评价持审慎态度。《呐喊·自序》很直接地讲是“每写些小说模样的文章，以敷衍朋友们的嘱托”，又说：“我的小说和艺术的距离之远，也就可想而知了，然而到今日还能蒙着小说的名，甚而至于且有成集的机会，无论如何总不能不说是一件侥幸的事。”但其实，我们知道，以鲁迅对小说艺术的理解，他对自己小说在同时代作品中的位置是有准确认知的。比如对《孔乙己》，可以说是鲁迅自己的得意之作。虽然说孙伏园文章里提到的“有大家的作风”不能完全坐实，但《孔乙己》在寥寥不到三千字里达到的艺术高度，实在是短篇小说里的典范。

首先看结构。《孔乙己》总共有 13 个段落。大体上可以分为两个片段。1—8 段是上半段，9 段是过渡段，10—13 段是下半段。上半段是空间叙事，下半段是时间维度。这其实不是我的发现，叶圣陶先生早年就持这样的看法——当然他没有具体说明如何切分——而我认为这一判断是十分准确的。小说的上半段里，几乎没有出现过时间，更没有明确的时序，似乎一直在做从不同角度认识孔乙己的事情，好让读者对这样一个平淡而又奇特的人增加认识。后半段则出现了较为严格的时序。从中秋到年关，再到中秋，再到年关，短短数百字，跨度却达两年以上时间。

整篇《孔乙己》，场景从没有离开过咸亨酒店。不过在上半段，围绕孔乙己的人物，除了"我"之外，其他的人物都是虚拟式的出场，是一种类型化的表现。这些人物甚至都是以复数方式出场的，事实上是作为场面、氛围的一种烘托而存在，这种群体性和复数式也是鲁迅描写"看客"时通用的手法。同时这样的描写也保证了孔乙己在小说里的主角地位。而在下半段里，不但"我"跟孔乙己有了交流，而且还加进了咸亨酒店的掌柜与孔乙己的直接对话。在这部分里，看客式的"群众"已经基本退场，不过还是有一句话，说"此时已经聚集了几个人，便和掌柜都笑了"。这里突出的是掌柜。

在整体结构的布局中，《孔乙己》最突出的特点是前后呼应，"无微不至。"几乎所有的描写都看似非常平淡，可是如果我们通过上下文找到它们之间相互的呼应，就会感到作者的用心是多么的精细，而且又不着痕迹。从叙事上来讲，《孔乙己》每一个看上去并无多少出彩之处的段落，只要联系上下文，寻找他们之间的呼应和勾连，就会发现其中的微妙之处。

第1段主要是描写咸亨酒店的格局，依次流露出以下信息：第1句提到了酒店柜台下面预备着热水，可以随时用于温酒。第2句说，那些做工的人，是在柜台外站着喝酒。第3句则说，只有穿长衫的人，可以到里面要酒要菜，慢慢的坐喝。

我们都知道，《孔乙己》是一篇有特定叙事角度的小说，就是在店里打工的只有12岁的“我”。但这个“我”是在第2段才开始出现，第一段可以说还是全知全能的视角，或是“我”的未到先声。第2段强化了长衫主顾和短衣主顾之间的区别，同时还呼应了小说的第1句，那就是“温酒”这个职业。这一段因为“我”的职业原因，还带出了酒店掌柜，掌柜显然是又有私心但又不极端的那种人。第3段，因为“我”无聊的原因，于是就使小说真正的主角孔乙己呼之欲出。

第4段就是孔乙己的真正出场了，这时候我们可以看到，打头的第1句话就呼应了小说前三段的所有的信息，或者说印证了前三段淡而不浓的叙述，其实就是为了推出这一句话的精彩，那就是：“孔乙己是站着喝酒而穿长衫的唯一的人。”

而这一描述可以说是全篇最精彩的一句，可以见出鲁迅在小说叙事上非同一般的功力。这一段不但把孔乙己有“文化”的身份特写出来，而且还写到了“偷书”这个影响了小说全篇的情节。这当中我们要看到一个细节。小说第一段描写了咸亨酒店里那些短衣帮，说他们只要肯花四文铜钱就可以买一碗酒，如果再多花一文钱，就可以买一碟盐煮笋或者茴香豆。到了第4段，小说写道，孔乙己“对柜里说，‘温两碗酒，要一碟茴香豆’，便排出九文大钱”。这“九文大钱”的描写，因为第1段看似数据式的交代而有了十足的依靠，从故事角度讲，“排出九文大钱”也让读者看到孔乙己有钱以后的满满自信。

第5段则是集中描写了孔乙己的身份和他的处境之间的“拧巴”所造成的尴尬。一方面是读书人，另外一方面却又是偷书人。然而从“我”的角度看，孔乙己“品行却比别人都好，就是从不拖欠”。第6第7第8段，小说集中描写了孔乙己在酒店里的种种表现，以及他为现场带来的各种各样的快活气氛，其中当然最出彩的是关于茴香豆的“茴”的四种写法和“多乎哉？不多也”的半文不白。

第9段只有一句话，却是切分小说上下半段的非常重要的一句话，“孔乙己是这样的使人快活，可是没有他，别人也便这么过。”孔乙己在人群中的可有可无、被人漠视的窘境一语尽出。

在第1段至第8段，除了介绍咸亨酒店的格局之外，就是讲述孔乙己到店以后的种种表现。所有其他人物，不管是掌柜，短衣帮，还是孩子们，其实都是小说主角孔乙己的陪衬。这些人物，包括说话的人，都是类型化的。所以小说里有“他们故意的高声嚷道，你一定又偷了人家的东西了”，是谁说的不重要，重要的是，通过这样的对话，描述孔乙己的窘迫。而这些碎片化的、类型化的描写，却并没有互相割裂、互不关联的感觉，是因为，小说在叙事的层面上用特殊的意象使它们浑然一体。这其中就有“笑声”带来的衔接效果。第3段说“只有孔乙己到店，才可以笑几声”，第4段的结尾是：“引得众人都哄笑起来：店内外充满了快活的空气。”第6段的结尾又是“众人也都哄笑起来，店内外充满了快活的空气”。第7段有“掌柜见了孔乙己，也每每这样问他，引人发笑”。第8段的结尾，又是：“于是这一群孩子都在笑声里走散了。”可以说，孔乙己出现后带来的笑声，在小说的形式感上，起到了将那些由“我”的记忆碎片式推出的情节互相关联的作用，做到了神形都不散。

小说的10～13段，则是由时序构建起来的。从“中秋前的两三天”，到“中秋过后，秋风是一天凉比一天，看看将近初冬”，接着是到了“年关”，然后是“第二年的端午”，再到“中秋”，“再到年关”，短短的几百个字，时间长达两年，但读者并不感觉是故事梗概，因为中间还有核心情节，这就是孔乙己坐着蒲包的再次出现。这的确是短篇小说叙事上的典范。

再来看小说里的前后呼应。前面已经就酒店格局与孔乙己地位特殊之间的关联做了说明，也说明了酒钱菜钱的价格这一看似闲笔，实则非常有用有效的前后呼应。其他的比如小说前面描写了孔乙己“身材很高大”，这是要说他威猛有力么？不是。这是为后面的两个情节做了铺垫。一是孔乙己给孩子们分茴香豆吃的情景，只见他“弯腰下去说道：‘不多了，我已经不多了。’直起身又看一看豆，自己摇头说，‘不多不多！多乎哉？不多也。’”想象到孔乙己高大的身材，这样的情景，就更容易让人发笑了。还有就是，孔乙己被人吊打之后，再一次出现在酒店，“我”听见一个声音，“温一碗酒。”“看时又全没有人，站起来向外一望，那孔乙己便在柜台下对了门槛坐着。”联想到孔乙己“身材很高大”，如今却变成这样的状况，怎不令人唏嘘？

再比如小说写到中秋过后将近初冬，说“我整天的靠着火，也须穿上棉袄了”，可是孔乙己出场时，却“穿一件破夹袄，盘着两腿”。“我”整天靠着火却还需穿棉袄，孔乙己却是另一番景象。这种对比看似不经意，其实给读者留下相当深刻的印象。重要的不是“我”有棉袄穿，重要的是，孔乙己只能穿一件“破夹袄”。

对于孔乙己的性格，其实小说也有递进的写法，一方面是他“读过书”，“但终于没有进学。”另一方面是说他“不会营生，好吃懒做”，“免不了偶然做些偷窃的事。”孔乙己被人笑或者说给别人带来快活，主要有三个原因，它们的作用并不平均。一是他总爱说些半文不白的话，这也成了酒店里引来笑声的噱头，但孔乙己并不在意别人听不懂，这是他的“优势”所在；第二就是别人揭他偷窃的短，每遇这种情况，孔乙己总要辩白几句，如：“你怎么这样凭空污人清白？”又如：“读书人的事，能算偷吗？”等等。然而只有第三种情况，即，他虽然识字，却没有获取任何功名时，孔乙己的窘迫才达到最深重的程度。当别人问他，你当真认识字吗？“孔乙己看着问他的人，显出不屑置辩的神气。”可是，“他们便接着说道，你怎的连半个秀才也捞不到呢？”小说写道：“孔乙己立刻显出颓唐不安模样，脸上笼上了一层灰色，嘴里说些话；这回可是全是之乎者也之类，一些不懂了。”足以见出，读过书，但是没有得到任何功名，这才是孔乙己内心最痛楚的地方，才是他真正的软肋。只有这一条让他无法辩白。

这也很有助于我们理解这篇小说真正的主题。

再次，谈一谈《孔乙己》的叙述视角。小说用“我”这样的视角来讲述一个“我”并不能完全理解的人物，会为小说带来什么效果？“我”是如何产生对小说故事推动作用的？因为单从年龄上讲，以“我”来理解孔乙己是很难的。我以为，“我”在小说里至少起到两个效果。一是强化了孔乙己的善良。孔乙己成了别人取笑的材料，在“我”看来，他却是给人带来欢乐的人，让人开心，使无聊变得不那么完全无趣。二是“我”看似加入了“附和着笑”的行列，而且对孔乙己试图教“我”写“茴”字的热情不以为然，但事实上，“我”的内心对孔乙己另有评价，这就是孔乙己事实上是一个讲诚信的人。当所有人认为孔乙己偷窃可恶的时候，“我”却另有评价，认为他其实只是出于生活所迫“免不了偶然做些偷窃的事”，而且，“他在我们店里，品行却比别人都好，就是从不拖欠。”这种看似矛盾的评价，出自一个尚未涉世的孩子，他不是按照通常的世俗观点去评价人和事，他有自己的观点，他虽然不懂得文化，但对善恶却有自己最直接的判断。

顾农先生认为，《孔乙己》是一篇跟外国小说没有直接关联的作品，比起《狂人日记》和《药》，更具有中国化风格，小说继承了中国传统小说的白描写法。但它又是现代的，从艺术技巧上讲，“我”这个视角的出现就是现代小说的证明。在中国传统的小说里，第一人称叙事几乎是没有的。

《孔乙己》这篇小说在艺术上的精细，从开头到结尾，都做得非常到位。比如我们前面讲过，四文钱一碗酒，一文钱一碟菜，那么到了孔乙己最后一次出现的时候，他大喊一声，“温一碗酒。”随后从破衣口袋里摸出来四文钱。在小说的叙事过程中还有一条看似非常淡，但却必不可少的线索，那就是掌柜。他是故事里的降温者，似乎不参加人们对孔乙己的取笑，但也不反对人们对他的嘲弄。既不会施舍，但也不会因为欠债而去吊打孔乙己。粉板和十九文钱的欠账，这是掌柜与孔乙己之间唯一的勾连，但这淡漠比嘲弄他的人还显冷漠。

关于《孔乙己》的主题

对于《孔乙己》这篇小说的主题到底是什么，历来有不同的说法，当然了，也是在共通共识的基础上的分歧，都是根据个人理解各有侧重。这也说明，尽管《孔乙己》篇幅很短，但主题却并不简单。这种主题的多重性事实上也是小说艺术性的一种印证。文字的多少,语言的朴素,描写的不动声色,与小说的复杂性之间有着多重联系。“大家的作风”正见于此。关于小说的主题,着眼于孔乙己这个人物自身的,主要的观点,是认为作品通过孔乙己这个人物的遭遇,对封建科举制度进行了深刻批判。无疑,小说具有这样的主题指向。孔乙己不知道自己的迂腐,之乎者也仍然是他自以为是的看家本领,他不屑于人们拿他的穷酸起哄,甚至在嘲笑声中,他还执意要教酒店小伙计学习茴香豆的“茴”的不同写法,当“我”流露出不耐烦的神情时,孔乙己抱以失望(对年轻人)、惋惜(对“文化”无法传播)的表情。我们也说过,孔乙己对“偷书”被揭都有勇气去争辩,唯有当人们拿他“半个秀才”都没得到取笑时,他立刻就僵住了。这种往最痛处撒盐的做法让他难以承受。可见,封建科举对他的戕害到了怎样的地步,一个身材高大的人内心如此脆弱。当然,把《孔乙己》的主题理解为对科举本身的批判肯定不能涵盖小说的主题。在鲁迅写作《孔乙己》的 1919 年,科举已经是过去式,至少不必用一篇小说继续猛攻,所以也有把孔乙己形象扩展的论述,认为《孔乙己》反映了中国知识分子可悲命运,揭露其言行的荒谬性。这就是说,孔乙己虽然毫无功名,但代表却是读书人的失败命运，进而也是古代知识分子结局的可悲。不过，对于孔乙己在多大程度真正代表了中国知识分子——哪怕是旧时代的——的思想、精神，鲁迅是不是如此定位的，这也是需要讨论的话题。孔乙己并没有从“知识”上得到任何好处，没有任何社会地位，连鲁镇上的短衣帮都不把他当回事，那些真正取得功名的人，比方何举人、丁举人，与孔乙己完全不属于同一阶层，他偷人家的书，所以被何举人、丁举人吊打，丁举人出手之狠让他致残，“他家的东西，偷的得么。”这是鲁镇上的人共同的评价。“做奴隶而不得”与“做稳了奴隶”，孔乙己属于哪个阶层是显而易见的。不过，孔乙己的确有传统读书人的特点和习性。他们只求圣贤之书而不谙世事，最后，不但不知世情已变，连对自己的认识都陷入无知的地步。应该说，他与知识分子这个身份之间的差距不是很大的。不能投入实际的劳动和斗争，飘飘然而不知自己已被社会时代淘汰，这与俗众无异甚至更加可悲。

由于孔乙己在咸亨酒店里处于被嘲笑的状态，人们拿他取乐，他甚至还故意提供可笑的言谈举止，在这个环境里，没有人愿意或有能力去总结孔乙己的可悲，人们故意却也并非全是恶意地拿他开心开涮，这是一种怎样让人难耐的情景啊。欢笑并非敷衍，苦楚无人知晓，同一个酒店却分成里外两间，看着只是条件不同，实质分出两个阶层。《孔乙己》并没有触及“里间”的世界，那里的人们只顾“要酒要菜，慢慢的坐喝”，懒得关心外面的平民们的话题。酒店掌柜淡然地看着这一切发生，世界在看似庸常中上演着阶级的、人性的活报剧。等级观念如此顽固，等级制度如此森严和残酷。这也是小说的主题之一吧。如果把孔乙己前后两种不同的出场的景象联系起来看，孔乙己无疑是现场当中最可怜可悲，又孤独寂寞的一个人。但他似乎并没有反思过自己的生存困境，只求换一碗酒喝。他这样的人竟至于此，让人可叹处太多。孔乙己，让人想起鲁迅曾经的熟人范爱农。鲁迅记述范爱农郁郁不得志，嗜酒醉酒并最终坠水而死的情形，像极了孔乙己的命运。“孔乙己是这样的使人快活，可是没有他，别人也便这么过。”这就是他在社会生存中最恰切的定位。当他坐着蒲包再次出现在酒店门口时，他的诉求还是只有“温一碗酒”，掌柜关心的也只是他的欠债，此外就是继续拿他的偷窃取乐。所以，孙伏园对《孔乙己》的主题表达也可能更具概括性，那就是，《孔乙己》“表现一般社会对苦人的凉薄”。孔乙己是“苦人”，他身处的是一个“凉薄”的世界。当然，这个概括又似乎缺少了《孔乙己》主题中的时代价值。王富仁的《中国反封建思想革命的一面镜子》一文认为：“在《孔乙己》中似乎存在着两个互相平行的主题,一是有科举制度对孔乙己的思想毒害,揭露科举制度的罪恶。二是有咸亨酒店的酒客对孔乙己的残酷戏谑,表现封建关系的残酷本质。实际上,这两者都统一于一个更根本的主题意义,即暴露封建等级观念的极端残酷性。”似乎更全面,但又似乎还未说尽。这正是《孔乙己》经典品质的有力证明:可以从一百个方向进入,而且没有止境。

各家对《孔乙己》的评价

自从《孔乙己》发表后,包括编入在《呐喊》中出版,关于这篇小说的评价,关于它和之前之后鲁迅其他小说的比较,就一直是一个争说不已的话题。关于《孔乙己》的单篇评论也不在少数,讨论鲁迅小说整体创作时举到《孔乙己》的议论更是难以计数。但近百年来的“《孔乙己》论”,梳理起来虽然困难,但一定是非常有趣且启示多多的一件事。这些评价并非众口一词,交口称赞,其中也有对小说提出这样那样的问题和不满意的,我们并不认为这些都是偏见,对一部作品的见仁见智太正常不过,而且也十分必要。我这里不妨列举一些史上有名的、有代表性的相关评价,让便读者更全面了解一点《孔乙己》的“解读史”。但必须说明，这是万千论述中的一点点滴。还有一点，这里列举的都是鲁迅生活的年代以及他去世后十年左右的文章，再往后的各类文学史著作，学者的研究，包括国外汉学家的评价，我们都很容易读到，这里就不费周张罗列了。

我曾问过鲁迅先生，其中那一篇最好，他说他最喜欢《孔乙己》，所以已经译了外国文。我问他的好处，他说能在寥寥数页之中，将社会对于苦人的冷漠，不慌不忙的描写出来，讽刺又不失显露，有大家的作风。

——孙伏园《关于鲁迅先生》

但成绩最大的却是一名托名“鲁迅”的。他的短篇小说，从四年前的《狂人日记》到最近的《阿Q正传》，虽然不多，差不多没有不好的。

——胡适《五十年来之中国文学》

此十五篇，含有两种作风的倾向——

(一)《孔乙己》《药》《明天》《头发的故事》《风波》《故乡》《阿Q正传》《端午节》《白光》《社戏》等篇，多为赤裸裸的写实，活现出社会之真实背影。如《头发的故事》《风波》《白光》《孔乙己》《阿Q正传》，描写辛亥革命时，下级社会人的心理，与科举的余毒，为最深刻。

——Y生《读呐喊》

共计十五篇的作品之中，——前九篇是“再现的”，后六篇是“表现的”。

——这前期的几篇可以用自然主义这个名称来表出。《狂人日记》为自然派所极主张的记录，固不待说，《孔乙己》《阿Q正传》为浅薄的记实的传记，亦不待说；即前期中最好的《风波》，亦不外是事实的记录，所以这前期的几篇，可以概括为自然主义的作品。

《孔乙己》《药》《明天》皆未免庸俗。——惟《风波》与《故乡》实不可多得的作品。

作者前期中的《孔乙己》《药》《明天》等作，都是劳而无功的作品，与一般庸俗之徒无异。

——成仿吾《〈呐喊〉的评论》

《呐喊》里面合我的脾胃的是《孔乙己》了。

只有《孔乙己》，到现在每当黄昏无事，还同着其他相同性质的作品拿起来一路读。

我读完《孔乙己》之后，总有一种阴暗而沉重的感觉，仿佛远远望见一个人，屁股垫着蒲包，两手踏着地，在旷野当中慢慢地走。

——冯文炳：《呐喊》

我们的作者在这篇——《孔乙己》——里面，似乎可以微嫌没有给我们读者多大印象，有呢，不过觉得孔乙己这个人奇特而又可笑罢了，然而它却是我最喜欢读的小说中的一篇。

——杨邨人《读鲁迅的〈呐喊〉》

A.《孔乙己》——这里蕴藏着无穷的悲哀，他却借一个酒店小伙计的眼来看，轻淡地又深刻地描出，手腕实在巧妙之至，这是可以称扬的。旁边的人的冷淡，无同情，幸灾乐祸之状，全部在纸上跃动，这是对我中国国民的猛烈的讽刺，真是好极的东西，而且结构又巧妙。

B.——我觉得剪裁太过了。——但这一篇却是太紧凑了。好是好的，太清太洁，令人如看到一个小小的玻璃球，除了圆润晶莹之外，什么都没有了。

——A. B《要做一篇鲁迅论的话》

短篇《孔乙己》《风波》《阿Q正传》，把中国人大部分的姿态一一都素描出来，表现的很尽致，我们由那几篇小说中窥视出传统的，深烈的压迫和压迫人的事让所有人知道，是天命观的握持，以及中国人的各种潜在意识，一生始终执拗的头痛真相。那些人物——那几篇“小说中的人物”——都不达世情，又畏惧重大压迫，但是又保持常态，并无反抗力，甚至于也不想反抗。

《孔乙己》——主人公孔乙己是农民出身，整日的在鲁镇酒店中流连，描写酒店的背景不啻是巧妙的，情节巧妙地间接烘托出农村的状况来。结末孔乙己竟腿折断了，一面令人哀感，同时也可觉察出人们的残忍，孔乙己的苦闷不是人类全体的苦闷。这篇小说可以说是他的写农村背景的诸小说中一篇最好的，深刻描写人性的小说。

——原野昌一郎《中国新兴文艺与鲁迅》

张定璜说的好，“读《呐喊》，读那篇那里面最可爱的小东西《孔乙己》，我们看不见调色板上的糊涂和广告牌上的丑陋，我们只感到一个干净。”作者对于环境观察的锐利，文字技巧的成功，观此当可明了。

——李素伯《小品文研究》

第二篇《孔乙己》，这篇简直不是小说，因为小说是要有结构，这篇没有结构，这一篇是短小的记事，没有任何寓意的记事，不过描写一个落魄的文人的生活而已。

——华西里《评鲁迅的呐喊》

以别人的难堪为快乐，这可以说是“反同情”罢！孔乙己的“环境”的“鲁镇”人，就是富于这种“反同情”的。先给孔乙己以难堪，再从他的难堪中谋取快乐，鲁镇人是这样生活着的。

孔乙己及其环境,已经过去了呢?还是依然存在着?

——乌尤《孔乙己及其环境》

其实这一篇根本就是讽刺的作品,旧式没落文人的孔乙己,固然可笑,可怜,又可恨;而且他的周围的一群,一味的从他那里取乐,屡次故意使他难堪,以他的苦恼为得意而愉快,原来都是只有反同情的。

——许钦文《孔乙己的幽默》

孔乙己可谓同样的失败,寒酸气重,空要面子,又可气又可笑,是够坏的了,他周围的一群,无论掌柜,酒客,和许多旁人,都以他的难堪为得意,使得他窘迫了,大家欢笑起来。当时的社会缺少同情,有的是“反同情”,以人家的苦痛为快乐,以人家的苦痛谋取快乐,因此杀头枪毙都爱看,以为好玩,残忍,野蛮,麻木,愚蠢,作者对此深恶痛绝,所以表现的很激烈。如今有了多大改进呢?

独如法国自然主义大作家左拉氏,像用铁锤的笔,拼命的把一个个的字牢牢的钉进读者的脑里去。如今为千千万万的读者所爱好,并不是偶然的。

——许钦文《略谈(孔乙己)》

倘若让我只举最完整的创作,我觉得在这一共 25 篇创作的两个结集里,有 8 篇东西是我愿意指出来,这是:

《孔乙己》,《风波》,《故乡》,《阿Q正传》,《社戏》,《祝福》,《伤逝》和《离婚》,这8篇东西都是完整的艺术,——可说有永久的价值,我敢说在任何国外的大作家之群里,可以毫无愧色。

《孔乙己》作于1919,故事是简单的,不过写农村中智识分子的没落。可是那刻画的清晰的印象,和对于在讽刺和哄笑里的受了损伤的人物之同情,使这作品蒙上了不起的色彩。鲁镇和咸亨酒店,是在这篇作品里开始介绍给读者。就在简单和从容的笔底下,已经写出令人觉得十分幽默,然而十分亲切,又十分悲哀悲凉的光景。

——李长之《鲁迅批判》

而《孔乙己》是鲁迅先生最能够把握住现实生活之断片的描写的一个短篇。

五四时代一个封建社会里面堕落而颓唐的读书人

而描写孔乙己的身材服装等等,则全然显得出一种中国的风格来。虽然鲁迅先生的思想及作风,所受外国的影响甚深,——但是他却能够把西洋的作风与中国的作风互相调和而融化,透彻了解中国人民的现实生活,有意识地运用中国的形象去创作,所以活现于鲁迅先生作品里面的人物,全然是中国人的风格,跟郁达夫先生和巴金先生等的作品,多少带有一点西洋气味的，就有不同的地方。

——李桢《读〈孔乙己〉》

其中表现出旧式教育的不易发展人的才性，潦倒的读书人的意识和姿态，以及社会对于不幸的人的冷淡——除了随便的当作取笑的资料以外，再没有其他的关心。

——圣陶《〈孔乙己〉中的一句话》

从上面两篇(《狂人日记》和《药》里，我们可以看出鲁迅的希望和热情，是寄托在新一代的孩子身上；但他却又并不是专着眼在孩子及其前途，他也回过头去看到了一些旧人物的归宿——没落。《孔乙己》便是例子。

在这里，鲁迅是不仅将他当作没落的士大夫，也把他当作一个被损害的"人"来处理，对这个人物付给了相当的同情；又因为熟悉的缘故，他是那样真实的传达了这个人物的封建性的性格特征，以至于使得在一位多少还保留着封建余绪的作家废名(冯文炳)，因此高兴起来，声称这篇作品最为他所喜爱。然而，倘若我们深一层去看《孔乙己》，那么自然也可以看出作者的重点，是在借孔乙己的没落，暴露了科举制度是怎样的残害了"人"，使他堕入悲惨的生活和死亡。

——许大远《鲁迅的小说》

鲁迅在五四运动之前，除了《狂人日记》之外，还另写了两篇小说，一篇是3月写成的《孔乙己》，一篇是4月写成的《药》。五四运动极盛时期，他没有写什么文章，这是普通的现象，因为他对这巨大的民族解放应精神为之神往的，他并且直接参加《新青年》社的编辑会议，精神在五四运动的中枢机关的影响之下。

《狂人日记》是用抒情的形式攻击黑暗，《孔乙己》是从黑暗中描写出一个人的形貌。

鲁迅由《狂人日记》而写《孔乙己》就是从抒情的进而为描写的之尝试，进一步说，《孔乙己》是《狂人日记》中的那冷静描写的成分的提炼，与进一步的发展，而《药》则是这种冷静描写手法企图网罗广大世界的进一步的尝试。

狂人，孔乙己，是人类的渣滓，尤其是孔乙己，简直是用来的阿Q的伏线。——鲁迅的笔下，我们知道鲁迅的同情是全在孔乙己这边的，孔乙己是一个无害而纯真的人物，所以不能在社会立足，只因为他不能进学，不会营生，好喝酒，懒做事，有时不免偷人一点小东西，除此之外，他对旁人，对社会确实没有什么大害处，所以我们看得出来，就是那些在酒店里奚落他的短衣帮，对他也并没有什么恶意，甚至酒店老板对孔乙己欠的19个铜钱也并没有表示什么愤恨。

——欧阳凡海《鲁迅的书》

生在19世纪初期的人，说不定在他的生长地中曾看见过孔乙己，鲁迅先生的天才，把这一典型人物，映现于20世纪20年代的青年的眼前，他并不是讽刺他，而是同情他，我们可以相信，读完《孔乙己》的人曾和他的作者一样，与孔乙己表示同情。这是鲁迅先生父亲时代读书“没有进学”的文人的悲哀。

——郑学稼《鲁迅正传》

鲁迅写孔乙己同样的虽然也用着一个文字，可是这一个我们却可以看得出来，一定不是鲁迅自己。

孔乙己本人才是这小说的主角，而这个酒僮的“我”，却处的只是目击者的配角的地位。

这小说是用侧面描写的方法，要写孔乙己的为人的。

鲁迅写孔乙己，获得叙述，关于刻画的描写，因此，全文的情调，都是追述式的。

鲁迅先生写《孔乙己》，是用世俗的方法，写出了孔乙己的一生的。

鲁迅的作品是可以当作民主革命前夜的、成熟、溃烂、几至于崩溃却又非常冷酷、恶毒的封建社会史看的；而这篇《孔乙己》，就是给那个时候的知识分子绘了一幅画像，而通过这一个没落的知识分子的典型，揭穿封建社会罪恶和黑幕，当

作封建的武器。——这就是《孔乙己》的主题

——许杰《鲁迅的〈孔乙己〉》

在那集中，幽默情调较居主要的作品似乎更胜于沉痛的作品，《孔乙己》给读者的印象更深于《明天》。

——茅盾《论鲁迅的小说》

结　语

回首一百年前，鲁迅的小说成为中国新文学最强烈的信号，然而在《新青年》这样一份刊物上，鲁迅在《狂人日记》之后拿出来却是一篇《孔乙己》，作品题目非但没有更“狂”，反而还有点“老”和“旧”；小说主题非但没有更激进，反而还有点“回望”；形式上非但没有更现代、更欧化，反而还有点回到传统的意思；调性非但没有更热烈，反而还有点悲凉的味道。然而这就是鲁迅，这就是他别样的姿态。这也是《新青年》的胸怀，主编者应该读出了作品背后的意蕴。在风起云涌的五四浪潮中，在革命的、进步的人群中，肯定不可能有孔乙己的身影，但对那个时代和那场革命而言，孔乙己“们”又闪现着挥之不去的面影和背影。“革命尚未成功，同志仍须努力。”这一声

音正可谓从辛亥革命到五四运动的先贤们共同的感慨和强烈的要求。

阅读鲁迅,致敬经典。这是一个永远常在常新的话题!

(原载《作家》2019 年第 8 期)

图书在版编目（CIP）数据

须仰视才见／阎晶明著. —南京：江苏凤凰文艺出版社，2019.9
ISBN 978－7－5594－2098－5

Ⅰ. ①须… Ⅱ. ①阎… Ⅲ. ①散文集—中国—当代
Ⅳ. ①I267

中国版本图书馆 CIP 数据核字(2019)第 191504 号

须仰视才见

阎晶明 著

出 版 人　张在健
责任编辑　李　黎
责任印制　刘　巍
出版发行　江苏凤凰文艺出版社
　　　　　南京市中央路 165 号,邮编:210009
网　　址　http://www.jswenyi.com
印　　刷　苏州越洋印刷有限公司
开　　本　880 × 1230　1/32
印　　张　9.5
字　　数　152 千字
版　　次　2019 年 9 月第 1 版　2019 年 9 月第 1 次印刷
书　　号　ISBN 978－7－5594－2098－5
定　　价　48.00 元